STAR OF SHARON

5
완 결

샤론의 별 5

서윤하 판타지 장편 소설

초판 1쇄 찍은 날 § 2001년 9월 20일
초판 1쇄 펴낸 날 § 2001년 9월 30일

지은이 § 서윤하
펴낸이 § 서경석
펴낸곳 § 도서출판 청어람
편집 § 문혜영 · 허경란 · 박영주 · 김희정 · 권민정 · 장상수
마케팅 § 정필 · 강양원 · 김규진

등록번호 § 제1081-1-89호
등록일자 § 1999. 5. 31
어람번호 § 제1-0149호

주소 § 경기도 부천시 원미구 심곡1동 350-1 남성B/D 3F (우) 420-011
전화 § 032-656-4452 팩스 § 032-656-4453
e-mail § eoram99@chollian.net

값 7,500원

ISBN 89-5505-110-7 (SET) / ISBN 89-5505-162-X 04810

서윤하 판타지 장편 소설

STAR OF SHARON

5
완결

샤론 족 용사

노서출판
청어람

목차

PART XII

새로운 땅

(1)

　맥슨의 앞을 가로막은 사내는 사람인지 몬스터인지 알아볼 수 없을
정도로 텁수룩한 수염이 얼굴 전체를 덮고 있었다. 아만다가 반색을
하며 사내에게 다가가려고 했다. 그러나 맥슨의 손을 풀기엔 그녀의
힘이 한참 모지랐다.
　"이거 놔요!"
　아만다는 아직 화가 풀리지 않았나 보다. 오히려 사내를 보며 더욱
의기양양하게 맥슨을 노려보았다.
　"잠깐만!"
　맥슨이 아만다와 사내를 번갈아 쳐다보았다.
　"왜 그래요?"
　"누구지?"
　"알아서 뭐 해요?"

아만다가 쌀쌀맞게 대답했다.

"낯설지가 않아서 그래."

"흥!"

"당신, 누구지?"

맥슨은 대답 대신 던진 아만다의 코웃음을 무시하며 사내에게 직접 물어보았다.

"……"

"대답하기 싫다는 건가?"

"그래!"

사내가 짧게 대답하며 아만다의 손을 낚아채며 잡아끌었다. 그러나 맥슨은 아만다를 놓지 않고 오히려 손에 힘을 주었다.

"어딜!"

"으읍!"

사내의 입에서 묵직한 신음과 함께 여자의 앙칼진 비명이 뒤따랐다.

"아얏!"

아만다의 인상이 잔뜩 일그러져 있었다. 얼떨결에 두 남자 사이에서 힘 겨루기의 표적이 되어버린 그녀는 어쩔 줄을 몰라 했다. 몸은 텁석부리 사내에게 향해 있었지만 눈은 맥슨을 원망스레 쳐다보고 있었다.

"……"

"……"

잠시 어색한 침묵이 흘렀다. 팔을 벌리고 서 있는 아만다를 경계로 서로 노려보는 두 남자의 눈빛이 강렬했다.

"이봐!"

기습적으로 분위기를 먼저 깬 것은 맥슨이었다. 그는 아만다의 손을 놓고 사내에게 한 발 다가갔다.

"멈춰라!"

사내가 아만다를 자신의 뒤로 끌어당기며 곧바로 싸울 자세를 취했다.

"우리는 첫 만남이 아니지?"

맥슨은 칼에 손을 대며 사내에게 물었다.

"나는 너를 모른다."

사내가 냉정하게 대답했다.

"아냐, 우리는 만난 적이 있어."

맥슨이 집요하게 물고 늘어졌다.

"쓸데없는 말은 집어치우고 일행들을 데리고 여기서 사라져라."

"싫다면?"

"너와 네 친구들은 여기가 무덤이 될 것이다."

사내는 우리들을 천천히 훑어보았다. 맥슨의 말을 듣고 사내의 정체가 궁금했던 나는 눈에 힘을 주었다. 하지만 동굴이 어두운 편이라 그의 정체를 알 수가 없었다.

"하하하! 나도 네 정체를 밝혀야만 하겠다."

맥슨이 호탕하게 웃으며 롱 소드를 뽑았다.

"헛소리 그만 하라니까!"

사내는 맥슨의 동작에 맞추어 천천히 허리춤에 끼고 있던 도끼를 빼 들었다.

"아냐. 우리는 분명히 만난 적이 있어."

맥슨은 고개를 가로저으며 사내에게 더욱 다가갔다. 그때 사내의 뒤에 있던 아만다가 앞으로 나섰다.

"이분을 해치면 내가 용서하지 않을 거예요."

아만다가 칼을 쥐고 있는 맥슨의 손에 매달렸다.

"흥! 주인님더러 뭐라고 하더니 배신은 자기가 먼저 했군."

세 사람을 가만히 지켜만 보던 요정 카리카가 나섰다.

"뭐야?"

아만다는 카리카를 노려보았다.

"주인님은 사랑하는 여인만 생각하며 이곳까지 왔어. 그런데 그 여자는 다른 남자를 감싸고 있잖아."

"알지 못하면 가만히 있어!"

"눈에 뻔히 보이는데 뭘 감추려고 하지?"

"흥! 너야말로 맥슨과 그렇고 그런 사이 아냐?"

아만다가 카리카을 비웃었다. 싸움은 여자들에게로 옮겨가고 있었다.

"나는 주인님을 모시는 요정일 뿐이야."

"요정?"

"그래, 나와 주인님은……."

카리카는 맥슨과의 사이를 대충 설명해 주었다. 그러자 아만다의 표정이 묘하게 바뀌었다.

"이제 당신이 그 사내와의 사이를 변명해 보시지."

말을 마친 카리카가 아만다와 사내를 번갈아 보았다.

"아만다! 굳이 이들에게 얘기할 필요는 없다."

사내는 아만다를 다시 자신의 뒤로 끌어당기며 주위를 둘러보았다.

"아니에요. 나도 오해받기는 싫어요."

아만다가 맥슨을 한번 힐끔 보았다. 그러나 맥슨은 아만다의 눈길은 무시한 채 사내만 뚫어져라 쳐다보고 있었다.

"이분은 내 생명의 은인이야!"

"은인이라고?"

카리카가 얼른 이해를 하지 못하며 반문했다.

"아만다!"

우리 일행의 제일 뒤에 있던 알프레드의 영혼이 아만다를 부르며 맥슨 옆에 날아가서 멈추었다.

"정말 저 사내가 너의 생명을 구했단 말이야?"

알프레드는 못 믿겠다는 표정을 지었다.

"그래요."

"으흠!"

턱을 쓰다듬던 알프레드가 이번에는 나를 불렀다.

"윌리암!"

"왜?"

"이리 와서 이 사내를 자세히 보아라."

나는 맥슨과 알프레드의 사이로 걸어갔다. 어두운 동굴에서 흐릿하게 보이던 사내의 얼굴이 뚜렷해지고 있었다. 텁수룩한 수염으로 덮여 있는 얼굴에 굵은 칼자국이 잊지 못할 한 사람을 떠올리게 했다.

"아니… 이 아저씨는?"

저절로 벌어지는 입을 나도 주체할 수가 없었다. 맥슨이 낯설어하지 않는 이유를 충분히 알 것 같았다. 덩치 큰 친구는 그를 자세히 본 적이 없기에 확신을 하지 못하고 있었지만 나는 그렇지 않았다.

"당신이 어떻게 여기에 있는 거지?"

나는 사내에게 따지듯 물어보았다.

"나는 너희들을 모른다."

사내는 여전히 시치미를 떼고 있었다. 그가 어떻게 나를 모른단 말인가?

"가메로! 거짓말하지 마라!"

"가메로라고?"

맥슨이 나를 쳐다보았다.

"저 사람은 도로시의 아버지인 가메로야."

"어쩐지 안면이 있다 했지."

맥슨은 의기양양한 얼굴을 가메로에게 들이밀며 낮은 웃음을 흘렸다.

"……?"

"후후후! 전에 받았던 빚을 갚을 수 있게 됐군."

"나는 너희를 모른다!"

가메로는 나를 빤히 보면서 같은 말만 되풀이하고 있었다.

"이놈이 끝까지 발뺌이군."

맥슨이 칼을 뽑아 들었다. 그때 아만다가 다시 달려들어 맥슨의 팔에 매달렸다.

"그만둬요."

"아만다 누나, 어서 물러서!"

내가 맥슨에게 매달려 있는 아만다의 팔을 잡아끌었다.

"이분이 아니었으면 나는 아버지와 함께 죽었어."

"틀림없이 속임수가 있을 거야. 이 사람은 도저히 상종할 가치도 없는 인간 쓰레기 중에 쓰레기란 말야."

"윌리암! 어떻게 그런 심한 말을 하지?"

아만다는 나를 놀란 눈으로 쳐다보았다.

"심하다고?"

나는 가메로를 쳐다보았다. 도로시와 그녀의 엄마를 노예처럼 대하던 그의 가증스러운 모습이 떠올랐다.

"그래. 저분은 나를 살려주신 은인이라고 했잖아."

"누나가 속고 있다니까! 저런 놈은 진작에 죽었어야 하는 거야."

가메로에게서 눈을 떼지 않은 채 나는 아만다를 몰아붙였다.

"무슨 근거로 그런 소리를 하는 거지?"

"저 사람은 우리를 죽이려고 했단 말야!"

나는 답답한 마음에 소리를 질렀다. 내 기세에 눌렸는지 아만다가 주춤했다.

"설마……."

"틀림없는 진실이야."

네가 입술을 꽉 깨물었다.

"흥! 네놈이 아만다를 구했다고?"

맥슨이 칼을 바로 잡으며 코웃음 쳤다.

"너희가 믿든 말든 상관없다. 나는 아만다만 지키면 된다."

가메로가 아만다를 감싸 안았다.

"그 더러운 손을 떼지 못해!"

맥슨의 눈에 살기가 돌았다.

"나를 죽이기 전에는 아만다의 머리카락 하나도 네놈들이 건드릴 수 없다."

사내가 물러서지 않았다.

"당장이라도 네놈의 실체를 밝혀야겠다."

맥슨은 더 이상 기다릴 수 없었는지 칼을 치켜들었다. 그때 우리의 잘못된 재회를 바라보고만 있던 노노가 맥슨을 가로막았다.

"맥슨, 잠시만!"

"왜 그래?"

"내가 한번 맞서볼게."

"네가?"

"저 친구가 정상이 아닌 것 같아서 말야."

노노는 턱으로 가메로를 가리켰다.

"그게 무슨 소리야?"

"확실하지는 않아. 그러니까 일단 나한테 맡겨보라고."

"혹시 마법이라도 걸렸다는 거야?"

"그걸 모르겠어. 마법인지 아닌지는 모르지만 분명한 것은 알지 못할 기운이 저 친구를 감싸고 있다는 거야."

"노노가 그 기운을 풀어보려고?"

카리카가 눈을 크게 떴다.

"그래야 저 친구가 더 이상 거짓말을 안 할 거 아냐."

"맞는 말이다."

알프레드가 노노의 뜻에 찬성했다.

"그것을 풀어서 뭐 해?"

카리카는 이해를 하지 못했다.

"맞아. 가메로를 없애고 아만다를 구하면 되잖아."

나도 노노나 알프레드의 의도를 짐작하지 못하고 있었다. 그가 무슨 경로로 아만다의 은인이 됐는지는 몰라도 분명히 속임수가 있었을 테고 그 사실은 맥슨에게 맡겨놓으면 놈을 힘으로 굴복시켜서 곧 입을 열게 할 수 있었다. 솔직히 죽어버려도 어쩔 수 없는 일이었다.

"가메로가 만일 마법이라도 걸려 있다면 그게 누구의 짓인지 알아보는 것도 우리에게 필요할지 모른다."

알프레드는 자신의 생각을 말했다.

"조금만 기다리면 다 알게 되겠지?"

노노는 한발 나서며 두 손을 가슴 위에서 모았다.

"네놈부터 덤비겠다는 거냐?"

가메로가 도끼를 비껴들었다.

"왜 내 말은 안 믿는 거죠?"

아만다는 애원하듯 다시 앞으로 나섰다.

"누나야말로 왜 그래?"

나는 아만다의 손을 잡고 노노와 가메로 사이에서 빠져나왔다.

"내가 아무리 경황이 없었어도 눈앞에서 나를 구해준 분이 누군지도 모르겠어?"

"글쎄 속임수라니까. 만일 가메로가 누나를 구해준 것이 사실이라면 다른 속셈이 있을 거야. 노노 말대로 그는 지금 제정신이 아니잖아."

"나를 구해준 속셈이라니?"

"이를테면 우리를……."

나는 제크의 해적선이 정체 모를 침입자들에게 당한 사실을 아만다에게 말해 줄까 하고 잠시 생각했다. 그때 알프레드가 이쪽으로 다가오더니 나의 말을 끊었다.

"좋아! 일단은 아만다의 말을 들어보자."

알프레드가 아만다를 바라보았다.

"아만다, 어떻게 된 건지 말해 줄 수 있겠지?"

"물론이에요."

아만다는 말하기 전에 가메로에게 눈길을 주며 서둘러 입을 열었다.

"그날은 나하고 제일 친한 친구의 결혼식이었죠."

우리는 모두 숨을 죽이고 그녀의 얘기를 들었다.

"그린 족들은 오랜만에 가져 보는 파티 때문에 모두 들떠 있었는데……."

말끝을 흐려가며 그날 있었던 끔찍한 사건을 말하는 아만다의 눈가에는 어느새 물기가 촉촉했다.

"한참 축제가 무르익고 족장인 아버지가 결혼한 친구에게 축복을 주려는 순간 갑자기 어디선가 검은 복장의 사람들이 나타났어요."

"어떻게 나타났지?"

알프레드는 얘기의 핵심을 아만다가 말할 때까지 기다리고 있었다.

"그냥 하늘에서 내려왔는지 땅에서 솟았는지 잘 모르겠어요."

"자세히 말해 봐!"

"제가 그들을 봤을 때는 이미 사람들이 놈들의 칼에 쓰러지고 있었어요."

"중요한 사실이야. 잘 기억해 봐!"

"파티가 열리던 마을 공터의 주변이 어두워지면서……."

아만다는 기억을 더듬거리며 말을 멈추었다.

"잘 생각해 봐. 혹시 다른 것을 봤는지 말야."

"모르겠어요. 다만 어둠 뒤에 핏빛만 보였으니까요."

"으흠!"

알프레드가 잠시 머리를 조아렸다.

"아참!"

아만다가 잃었던 사실 중에 하나가 떠올랐는지 눈을 반짝였다.

"또 다른 게 있어?"

"번개가 보였어요."

"번개라고?"

"그 침입자들이 나타날 때 어둠 속에서 번개가 보였어요."

"으흠!"

알프레드의 입에서 연이어 신음 소리가 나왔다. 그 뒤를 따라 내가 주먹을 꽉 쥐며 낮은 소리로 아만다가 말한 번개의 정체를 밝혔다.

"트랜스 스페이스!"

"예상은 했지만 제크를 해친 놈들과 같은 놈들이군."

가메로의 마법을 풀기 위해 서 있던 노노가 침입자에 대한 결론을 지어주었다.

"아는 놈들이에요?"

아만다는 우리 일행을 둘러보았다. 그녀는 흥분하고 있었다.

"그건 차근차근 얘기하도록 하고 이젠 가메로와의 인연을 들어 볼까?"

알프레드가 아만다를 달래며 다음 얘기를 들으려 했다. 그러나 그녀의 관심은 자신들을 처참하게 몰살시킨 침입자들의 정체에 쏠려 있었다.

"정말 그놈들 아는 거죠?"

"우리도 정확히는 모른다. 다만 짐작만 할 뿐이지."

"어쩌면 이 친구 덕분에 알 수 있을지도 모르죠."

노노가 손가락으로 가메로를 가리켰다.

"그게 무슨 말이죠?"

아만다가 이해할 수 없다는 표정이었다.

"누군가 이 친구에게 마법을 걸어놓았다면……."

"이제야 알겠어. 노노가 왜 저 친구의 마법을 풀려고 하는지 말야."

카리카가 노노의 말을 받았다.

"후후후."

노노는 웃음을 흘리며 카리카를 사랑스럽게 바라보았다.

"이 친구에게 마법을 건 그 누군가가 만일 우리를 노리는 놈들이라면……."

"가메로를 이용해서 아만다를 인질로 삼은 거야."

"우리를 끌어들이기 위해서 말이지."

나와 알프레드가 최종적으로 결론을 내렸다.

"주인님, 그럼 우리는 지금 위험한 거잖아요?"

카리카는 말 한마디 없이 아만다만 처다보고 있던 맥슨에게 말꼬리를 넘겨주었다.

"그게 누구든지 상관은 없어. 아만다의 복수는 내가 한다."

맥슨이 가메로를 노려보았다.

"도대체 무슨 말인지……."

아만다가 멍한 표정으로 우리를 처다보았다. 그녀는 아직까지 우리의 생각을 제대로 파악하지 못하고 있었다.

"자세한 건 다시 말하기로 하고 우선 저 친구하고 만난 얘기부터 해봐라."

알프레드가 부드러운 말투로 아만다를 재촉했다. 그녀는 커다란 눈을 몇 번 깜빡거리더니 그 다음 얘기를 이어 나갔다.

"아버지와 나는 마을 사람들과 함께 침입자들에게 쫓겨서 정신없이 이리저리 숲 속을 헤맸었어. 어둠 속에서 어디가 어디인지 분간도 못하고 도망 다니다가 불빛을 보았어요."

"으음!"

알프레드는 아만다의 얘기를 들으며 동굴을 둘러보았다.

"도움을 구하려고 무작정 달려갔죠. 앞뒤를 생각할 여유도 없이 동굴로 뛰어들었는데 그곳은 전에 잡혀왔던 타이맨들의 동굴이었어요."

"하지만 도움을 청하기도 전에 놈들이 들이닥쳤군요."

노노가 동굴에 쌓여 있는 타이맨들의 시체를 바라보았다.

"그래요. 타이맨들은 비명 한번 지르지 못하고 죽어갔어요. 아버지도, 마을 사람들도……."

아만다는 말을 더 이상 잇지 못하고 흐느끼기 시작했다.

"흑흑흑!"

"진정해라."

알프레드가 아만다를 달랬다. 우리는 슬픈 표정으로 아만다가 울음을 멈추기를 기다렸다.

"아만다……."

맥슨도 안쓰러운 표정으로 아만다를 바라보았다. 그때 숙연한 분위기를 깬 것은 철딱서니없는 카리카였다.

"그 와중 속에서 당신은 살아난 거군. 저 남자가 구해줘서 말이야."

"맞아……."

아만다가 눈물이 글썽이는 커다란 눈으로 카리카를 보며 고개를 끄덕였다.

"어떻게?"

"……."

"말해 봐!"

"그게……."

"왜 말을 못하지?"

카리카는 따지듯 계속 물어보았다. 그러나 아만다는 대답을 하지 못하고 있었다.

"……."

아만다가 입술을 깨물었다.

"당신만 살아난 이유를 말해 봐. 저 남자가 침입자들을 전부 물리친 것 같지는 않은데."

"잘 모르겠어."

아만다가 고개를 저었다. 그녀의 초록 눈동자가 잠시 멍해졌다.

"혹시 당신도 저 친구와 함께 우리를 잡으려는 놈들의 첩자 아냐?"

"뭐어?"

아만다는 당혹감을 감추지 못했다.

"카리카, 물러나라!"

맥슨이 너무 놀라며 카리카를 뒤로 물렸다.

"저는 주인님을 지킬 의무가 있습니다."

카리카는 물러나지 않았다.

"나는 내가 지킨다!"

"주인님은 아만다를 예전에 사랑하던 연인으로만 생각하고 있어요."

"설령 나한테 죽음이 찾아온다고 해도 그 사실은 불변이다."

맥슨이 입술을 굳게 다물었다.

"맥슨……."

아만다는 두 손을 꼭 쥐고 맥슨을 지그시 바라보았다.

"노노!"

"왜?"

카리카가 갑자기 노노를 부르자 노노는 깜짝 놀랐다.

"아만다는 괜찮아?"

"뭐가?"

카리카의 뜻하지 않은 물음은 노노를 당황하게 만들었다.

"가메로처럼 마법에 걸린 것 같지는 않아?"

"마법?"

잠시 카리카를 쳐다보던 노노가 웃음을 터뜨렸다.

"하하하!"

"왜 웃어?"

카리카는 기분이 상했는지 노노를 똑바로 쳐다보았다.

"신기해서 말야."

"……?"

"우리보다 생각이 앞서 가는 카리카는 처음 봤거든."

"후후후."

알프레드도 덩달아서 웃음을 보였다.

"카리카도 마법을 하면서 보면 몰라?"

"나보다는 노노의 마법이 더 강하잖아."

"그게 아니고… 물론 아만다님은 마법에 걸리지는 않았어. 내가 카리카에게 말하는 것은 침입자들에게서 살아날 수 있는 방법은 많다는 거야. 다크니스 같은 마법으로도 주변에 어둠을 만들어서 숨을 수 있잖아."

"그렇기는 하지만……."

기세가 등등하던 카리카가 잠시 머뭇거렸다.

"가메로는 마법을 하지 못해."

나는 불현듯 말해 놓고도 불안했다. 그렇다면 아만다는 카리카의 말처럼 놈들이 풀어놓은 미끼일 수도 있었다. 그러나 나의 이런 걱정을 달래준 것은 아만다의 힘없는 목소리였다.

"윌리암, 그건 아냐."

"아니라고?"

가메로가 마법을 못한다고 하면 카리카가 더욱 의기양양해질 줄 알았는데 예상 밖으로 그녀는 한풀 꺾여 있었다.

"내가 잠시 잊었는데 마법은 매개체를 통해서도 할 수 있어."

"매개체라면……."

"윌리암이 '헤데지바의 거울' 때문에 마법을 스펠하는 것하고 비슷한 이치지. 다시 말하면 거울은 윌리암을 매개체로 마법을 실행하는 거지. 지금 가메로도 누군가가 마법을 걸어놓은 상태로 그 주인의 매개체로 이용됐다고 봐야지."

"그렇구나."

나는 노노의 말을 듣고 이해할 수 있었다. 하이드랜드에 있는 삼촌들도 노노의 마법으로 조종되고 있다.

"카리카가 아만다님의 미모에 질투가 나서 잠시 중요한 사실을 잊었나 보네."

노노가 살짝 웃으며 농담을 했다.

"시끄러!"

카리카는 얼굴까지 빨개지며 화를 냈다.

"이구구! 무서워라."

"그럼 내가 질투 때문에 아무 잘못도 없는 사람을 모함한단 말야?"

"화내는 것도 예쁘네."

노노는 카리카에게 계속 농담을 던졌다.

"그만 하고… 이제 가메로의 마법을 풀어봐."

알프레드가 노노를 말리며 턱으로 가메로를 가리켰다.

"이봐, 친구!"

"……."

"우리 잠시 볼일 좀 볼까?"

"누구든 상관없다."

아만다가 무사한가만 확인하며 남의 일처럼 방관만 하던 가메로가 도끼를 흔들며 앞으로 나섰다. 노노도 가메로를 맞으러 동굴의 넓은 장소로 천천히 걸어갔다.

"먼저 공격하지."

노노가 여유를 부렸다.

"어차피 전부 죽이려면 시간이 필요하니 빨리 움직여야겠지."

가메로는 곧바로 도끼를 쳐들고 노노에게 달려들었다.

"훙!"

노노는 대수롭지 않은 표정을 지으며 손으로 둥글게 원을 그리며 소리쳤다. 쭉 편 그의 손바닥에서 푸른 기운이 나가며 공기 중에 파동 을 일으켰다.

"스네어!"

"어엇!"

가메로가 가슴에 충격을 받으며 휘청했다.

"컨퓨전!"

노노의 다음 마법은 가메로의 정신을 혼란시키고 있었다.

"으악!"

가메로가 도끼를 놓치며 머리를 두 손으로 감쌌다.

"디스펠 매직!"

비명을 지르며 괴로워하던 가메로는 노노의 마지막 마법을 받으며 쓰러지고 말았다. 당당하던 모습에 비하면 너무 싱겁게 끝난 싸움이었다.

"아저씨!"

아만다가 놀라서 달려왔다.

"걱정하지 않아도 돼요. 누군가 걸어놓았던 마법을 풀었으니 곧 정신이 들 겁니다."

"저런 실력으로 덤비려고 했다니, 그 용기가 가상하네."

카리카는 쓰러져 있는 가메로를 어이없는 표정으로 바라보았다. 내가 봐도 한심한 인간이었다. 자신의 능력은 알지도 못하고 날뛰었으니 불쌍하기까지 했다.

"역시 마법은 전혀 쓰지 못하는군."

알프레드의 얼굴에 어둠이 스며들었다.

"어딘가에 우리를 감시하는 눈이 있을 텐데 보이지 않네."

노노도 주변을 살피며 경계를 했다.

"누구든지 용서하지 않는다!"

평소와는 다르게 말을 너무 아끼고 있는 맥슨은 굳은 얼굴을 풀지 않았다.

"아만다, 이제 알았겠지?"

카리카가 어쩔 줄 모르고 서 있는 아만다의 어깨를 잡았다.

"나는 아직도 뭐가 뭔지 모르겠어."

"걱정 마. 내가 복수도 해주고 앞으로 아만다를 지켜줄게."

맥슨이 진지하게 말을 했다.

"고마워."

아만다가 맥슨에게 살짝 웃음을 보였다.

"주인님 아빠, 앞으로 어떡할 거야?"

주변이 대충 정리가 되자 카리카가 알프레드에게 물었다.

"우선은 이곳에서 나가자."

"만일 밖에 놈들이 있으면 위험하잖아."

나는 걱정스러웠다. 가메로를 이용해서 아만다를 구한 것이 놈들이라면 지금쯤 동굴 밖에서 우리가 나오기를 기다리고 있을지도 몰랐다.

"맥슨하고 노노가 앞장을 서라. 혹시 놈들이 달려든다면 길을 뚫도록 해."

"알았어요."

"같이 가."

맥슨이 기다렸다는 듯이 동굴의 입구로 먼저 나가자 그 뒤를 노노가 얼른 쫓아갔다.

"우리도 어서 움직이자."

알프레드가 나머지 일행을 재촉했다.

"아저씨는 두고 가나요?"

아무래도 아만다는 이유야 어쨌든 자신을 구해준 가메로를 걱정
했다.

"모두 리쿠스 신의 뜻이다."

알프레드는 할 말 없으면 버릇처럼 꺼내는 신의 이름을 내세웠다.
그때 여자의 카랑카랑한 목소리가 동굴을 흔들었다.

(2)

"누구든 내 허락 없이는 여기서 못 나간다!"

"드디어 나왔군."

카리카가 제일 먼저 소리가 난 쪽으로 몸을 돌렸다.

"카리카! 그놈은 내가 맡는다."

앞장을 서서 동굴 입구로 향하던 맥슨이 재빠르게 카리카를 막아섰다.

"여자라니 의외로군."

노노는 어슬렁거리며 주의를 살폈다.

"윌리암, 너도 준비해라."

"알았어."

나는 알프레드를 '헤데지바의 거울'로 불러들였다.

"놈들이 더 있을지도 모르니 모두 조심해."

노노가 우리에게 주의를 주었다.

"다른 인기척은 느껴지지 않아. 저 여자도 희미하게 감지될 뿐이야."

카리카가 주변을 둘러보며 노노에게 말을 했다.

"으음!"

노노는 카리카의 말을 확인하려는 듯 눈을 지그시 감고 촉각을 곤두세웠다.

"정말이군."

"그럼 저 여자 혼자 우리를 기다리고 있었단 말야?"

나는 얼른 이해하지 못했다. 제크의 해적선도 그렇고 그린 족도 한 명에 의해 당한 것은 아니었다. 그런데 우리의 판단대로 아만다를 인질로 우리를 끌어들였다면 어떻게 여자 한 명만이 이곳에 숨어 있는 것일까.

"여자 혼자 우선은 우리를 막고 자기 일행을 부를지도 모르지."

카리카가 내 의문을 달래주었지만 나는 여자 한 명이 이곳에서 우리를 기다렸다는 사실이 쉽게 수긍되지 않았다.

"그래도 겁이 너무 없군."

내가 한마디 툭 던졌을 때 여자의 목소리가 다시 들렸다.

"감히 남의 집에 와서 행패를 부리다니 용서할 수가 없다!"

여자는 여전히 몸을 나타내지 않고 있었다.

"숨어서 떠들지만 말고 어서 나오시지."

맥슨이 칼을 움켜잡았다

"호호호, 서두를 거 없다."

여자의 웃음이 동굴 안으로 깊숙이 퍼지며 동시에 둔탁한 굉음이 울렸다.

펑!

"젤라웰이다."

우리는 타이맨들의 신전이 있는 곳으로 달려갔다. 그 위에 우리도 경험한 적이 있는 젤라웰이 있었다. 그 벽을 뚫고 한 명의 여자가 서서히 내려오고 있었다.

"세상에, 저런 벽도 있어?"

카리카가 신기한 눈으로 여자가 빠져나온 동굴 벽을 바라보았다.

"저건……."

내가 카리카에게 젤라웰에 대해서 짧게 설명했다.

"저 여자는 생각대로 마법을 쓸 줄 아는군. 지금도 플라이트를 시전 중이야."

새가 둥지에 앉는 것처럼 천천히 타이맨들의 재단으로 내려오는 여자를 보며 노노가 아는 체를 했다.

"네놈들이 아만다의 종족을 몰살시키고도 모자라서 또 그녀를 잡으러 왔단 말이냐?"

사뿐히 제단 위에 내려서서 또박또박 말을 뱉는 여자는 어둠에 묻혀 있었다. 겨우 윤곽만 보이는 그녀는 작은 키의 소녀 정도였다.

"닥쳐라!"

맥슨이 이를 갈며 달려들었다. 말릴 틈도 없이 순식간에 일어난 일이었다. 하기야 말린다고 될 일도 아니었다.

"아만다 누나, 저 여자를 알아?"

나는 맥슨을 바라보며 아만다의 표정을 살피었다.

"아니, 몰라."

아만다는 고개를 가로저었다.

"그렇다면 일단은 수상한 여자이니 잡아야겠다."

카리카도 맥슨의 뒤를 따라 여자에게 달려들었다.

"에잇!"

맥슨의 기함 소리가 들리며 동굴 벽에서 불꽃이 피었다.

"어딜!"

여자는 특별한 동작 없이 공중으로 솟구쳤다.

"내 손에서 도망가지 못한다!"

맥슨은 여자를 향해 머리 위로 롱 소드를 집어 던졌다.

휘이익!

무지막지한 힘으로 던진 롱 소드는 여자를 따라서 곧장 날아갔다.

"파이어 웨폰!"

카리카가 맥슨의 던진 칼에 마법을 걸었다.

"이런!"

공중에서 여자의 당황하는 목소리가 들렸다. 그녀는 미처 피하지 못하고 칼을 가슴으로 받아야 하는 찰나였다. 그만큼 날아가는 칼의 속도는 대단한 것이었다. 더군다나 마법이 걸린 맥슨의 칼에 맞는 순간 여자의 몸은 폭발음과 함께 산산조각이 날 것이다.

휘이익—

여자의 주문이 동굴의 벽을 때린 것은 바로 그 순간이었다.

"파트리시어스!"

결코 처음이 아닌 단어가 앙칼지게 울리자 노란빛이 여자의 몸을 감싸며 밖으로 타원을 그리며 퍼졌다.

펑! 펑! 펑!

빛의 광기(光氣)에 나는 눈을 뜰 수 없었다.

"으헉!"

"아악!"

남녀의 비명이 뒤섞이며 노란 폭풍에 함께 내 쪽으로 날아왔다.

"이런!"

"어헉!"

눈을 감고 있던 나와 노노는 미처 피하지 못하고 맥슨과 카라카의 두 몸뚱이에 깔리고 말았다.

우당당탕!

허우적거리며 한데 엉킨 우리는 놀란 눈으로 노랑 타월에 쌓여 있는 여자를 바라보았다.

땡그랑!

우리 앞에 떨어진 것은 맥슨의 칼이었다. 신의 전령이 주었던 칼은 검게 그슬려 하얀 김이 모락모락 피어 오르고 있었다. 아마 보통 칼이었으면 녹아 없어졌을 것이다.

"맥슨! 들었지?"

나는 입가에 피까지 흘리는 맥슨의 상태보다 여자가 좀 전에 외친 소리에 더욱 관심을 가지고 있었다.

"으음! 글쎄……."

맥슨이 몸을 추스르며 고개를 갸우뚱거렸다.

"못 들었어?"

"엉, 순식간에 일어난 일이라서……."

맥슨은 입가를 닦으며 일어섰다.

"수호자!"

노노가 카리카를 일으키며 말했다.

"맞아! 파트리시어스라고 했어."

카리카가 맞장구쳤다.

"내가 잘못 듣지는 않았군."

나는 미소를 만들어 보였다.

"윌리암, 아는 마법이야?"

"당연히 알지."

"정말?"

"그럼."

"나는 처음 듣는 마법이다."

노노가 카리카와 같은 표정을 지었다.

"저 여자의 정체도 알고 있지."

"아는 사람이야?"

카리카와 노노가 놀란 얼굴을 했다.

"누군데?"

맥슨은 모르는 모양이다.

"알프레드가 나와서 얘기해 줘."

"하하하, 윌리암이 세상에서 제일 좋아하는 여자일 거다."

어느새 알프레드가 거울에서 나와서 웃고 있었다.

"그냥 친구지."

나는 앞으로 한 걸음 나섰다. 작은 몸의 여자는 아직도 공중에 떠 있었다.

"실력을 봤으니까 그만 내려오지."

"……."

여자는 아무 대답 없이 고스트가 비행하듯 스르르 내 앞으로 내려왔다.

"나를 알아보겠어?"

"얼굴을 자세히 봐야 할 것 같다."

카랑카랑 하던 목소리가 떨려 나왔다. 그녀도 나의 정체를 짐작하고 있나 보다.

"파트리시어스!"

나는 여자의 손을 가리켰다. 그녀의 손가락에는 반지가 끼워져 있었다.

"친구가 준 반지야."

여자가 손을 내밀었다.

"휴우!"

나는 심호흡을 크게 하고는 작지만 간단한 마법으로 주위를 밝혔다.

"라이트!"

훤한 밝음 속에 드러난 얼굴은 갈색 머리를 양쪽으로 따서 내린 주근깨 소녀였다.

"도로시."

"윌리암!"

우리는 누가 먼저랄 것도 없이 서로를 껴안았다.

"잘 지냈어?"

나는 도로시를 살펴보았다.

"나는 괜찮아."

몇 달 만이지만 도로시는 많이 변해 있었다. 양 갈래로 머리를 딴

것이라든지 아직도 얼굴에 남아 있는 주근깨는 그대로였지만 얼굴이
보기 좋게 통통해지고 살도 약간 붙은 것 같았다. 목소리까지 탁하게
변해서 미처 알아보지 못했다.

"도로시, 오랜만이구나."

알프레드의 영혼이 훌쩍 우리 사이로 날아왔다.

"알프레드님?"

도로시가 깜짝 놀랐다.

"하하하, 놀랄 거 없다."

알프레드는 도로시를 보고 밝게 웃었다.

"나도 알아보겠어?"

"맥슨 아저씨."

도로시가 맥슨에게 인사를 했다.

"하하하."

맥슨이 호탕하게 웃었다.

"윌리암의 친구라고?"

카리카는 도로시를 이리저리 살폈다.

"누구?"

도로시가 나를 쳐다보았다.

"말하자면 길어. 나중에 차차 말해 줄게."

"파트리시어스는 반지를 말하는 거였군."

노노가 카리카의 다음을 치고 들어왔다.

"그새 친구가 많이 늘었네."

"하다 보니까 그렇게 됐어."

나는 대충 얼버무리며 도로시의 손을 잡고 아만다에게 다가갔다.

"도로시… 이름이 참 예쁘네."

"고마워."

"얼굴도 복스럽고."

"카리카도 예뻐."

둘은 무척이나 친한 듯 말까지 친구처럼 하고 있었다. 사실 카리카가 무척이나 친절하게 도로시를 대하는 중이었다. 그런 모습을 보며 노노가 의미 모를 웃음을 흘렸다.

"하하하."

나도 덩달아 웃음을 지었다. 아만다 때와는 전혀 다른 카리카였다. 아마 도로시가 자기보다 예쁘지 않다는 생각이 드나 보다. 아무튼 못 말리는 요정이었다.

"아만다, 누군지 알겠어?"

맥슨이 아만다의 어깨를 감싸며 도로시를 가리켰다.

"아니."

아만다는 전혀 기억이 나지 않는 듯했다.

"어떻게 된 거지?"

나는 고개를 갸우뚱했다. 가메로가 아만다를 구해주고 같이 지냈다면 그의 딸인 도로시를 당연히 알아야 할 텐데 얼른 이해가 가지 않았다.

"그렇다면 이쪽에서 차근차근 정리를 좀 해봐야겠네."

노노가 우리를 넓은 장소로 끌고 나왔다.

"일단 뭐 좀 먹자고."

맥슨은 긴장이 풀려서인지 배고픔을 느끼고 있었다.

"시간이 없다. 여기서 빨리 나가서 다른 곳으로 이동해야 해."

"큰 스승님이야 안 먹어도 문제가 없지만 우리야 어디 그래요?"

"그래도 장소를 옮겨서 쉬는 게 나을 거야."

"밖에는 전부 숲인데 어디서 쉬어요?"

"흩어져서 찾으면 되지."

"날도 어두워졌는데 그냥 여기 있자구요."

맥슨은 알프레드의 의견에 끝까지 토를 달았다.

"아무튼 저놈은 말로는 안 돼."

"스승님이야말로 한 번 죽은 분이 조금 양보하면 어디가 덧납니까?"

"뭐야?"

둘이 티격태격하는 거 보니까 당장은 여유가 있는 듯했다. 알프레드도 말은 그렇게 하고 있었지만 서둘지는 않았다.

"날씨도 저물고 크게 걱정할 문제도 없을 것 같고… 오늘은 여기서 쉬는 게 나을 것 같은데 불부터 피울까?"

노노가 동굴 바닥을 긁으며 불을 피울 준비를 했다.

"주인님 아빠, 그렇게 해."

카리카는 노노의 일을 도우며 알프레드를 바라보았다.

"좋아. 모두가 원하면 그렇게 하자. 대신에 내일 일찍 일어나서 이동한다."

"그럼 나는 먹을 걸 준비해야지."

알프레드의 허락이 떨어지자 모두들 부산해졌다.

"불은 피웠어."

노노가 마법으로 동굴 바닥에 간단하게 불꽃을 일으켰다.

"사냥은 내가 다녀오지."

"맥슨 아저씨, 먹을 건 내가 준비한 게 있어요."

동굴 밖으로 나가려던 맥슨을 도로시가 말렸다.

"요리는 내가 할게."

마지막 차례는 카리카의 몫이었다. 자신이 맡아서 할 일을 각자가 알아서 찾아가자 알프레드는 기다렸다는 듯이 도로시에게 질문을 시작했다.

"도로시는 아만다의 이름을 어떻게 알지?"

배고픔이나 추운 거하곤 전혀 무관한 알프레드는 그저 도로시에 대한 것만 궁금해하고 있었다.

"나도 도로시가 어떻게 지냈는지 궁금해."

내가 도로시를 다정스럽게 바라보았다.

"……"

도로시는 대답 대신 빙그레 웃었다.

"안 본 사이에 많이 변한 것 같아."

내가 도로시를 이리저리 살펴보았다.

"정말?"

"말투도 변하고 행동도 거칠어진 것 같고……."

내가 살짝 도로시의 눈치를 보았다. 그러나 도로시는 내 말에 별로 신경을 쓰지 않았다.

"나도 잘 모르겠어. 그냥 반지를 끼고부터 조금씩 변한 것 같아."

"그래?"

나는 도로시의 손을 쳐다보았다. 작은 손가락에 끼워져 있는 파트리시어스가 반짝했다.

"참! 엄마는 어디 계시지?"

알프레드가 갑자기 생각이 난 듯 물었다. 몸이 불편한 도로시의 엄마가 걱정됐나 보다. 그리고 보니 도로시의 엄마인 그레보타가 오래도록 보이지를 않았다. 그녀는 도로시의 보살핌이 없으면 혼자서 움직이기 힘들었는데…….

"엄마는……."

잠시 뜸을 들이던 도로시가 힘들게 입을 열었다.

"여행 중에 돌아가셨어."

"죽었단 말이냐?"

알프레드가 놀라서 되물었다.

"예."

"어떻게?"

"몬스터의 공격을 받았어요."

"혹시 크라켄에게?"

"이름은 모르겠고 바다에서 갑자기 나타난 몬스터는 거대한 몸통에 기둥만한 다리가 무지 많은 괴물이었어. 그 몬스터가 배를 뒤집으면서 엄마가 그만……."

"크라켄의 짓이 맞는군."

나와 알프레드는 서로 쳐다보았다. 우리도 바다에서 크라켄을 만난 적이 있었다. 하지만 도로시와 다른 점은 우리는 크라켄과 로크 덕분에 살아난 것이고 도로시는 엄마를 잃은 것이었다.

"도로시, 뭐라고 위로해야 될지 모르겠다."

나는 진심으로 도로시에게 말했다.

"괜찮아. 이제는 많이 좋아졌어."

도로시는 담담했다.

"겨우 살아서 다시 부두로 돌아온 나는 엄마를 잃은 슬픔에 젖어서 그곳에서 며칠을 지냈어. 그러다가 정신을 차리고 고향으로 온 거야."

"왜?"

차고지아는 도로시의 고향이기도 했지만 도망 온 곳이기도 했다. 우리 일행과 도로시의 관계를 알고 있는 수비대에 잡히기라도 한다면 큰일 날 일이었다.

"여기는 엄마의 흔적이 남아 있는 곳이잖아."

"그래도 위험하잖아?"

도로시가 고향으로 돌아온 이유를 말했지만 나는 안타까운 눈으로 그녀를 바라보았다.

"아직까지는 아무 탈 없이 잘 지내고 있고, 만일 위험한 일이 생긴다고 해도 윌리암이 지켜주니까 괜찮아."

"내가 지켜준다고?"

"바로 이거!"

도로시는 손가락에 끼고 있던 반지를 보여주었다. 드워프의 보물 중에 하나인 파트리시어스라는 내가 도로시에게 우정의 정표로 주었던 선물이다.

"나도 도로시를 잊지 않고 있었어."

주머니를 뒤져 1몬드짜리 동전을 꺼내는 내 모습을 도로시가 다정하게 바라보았다.

"가메로는 어떻게 만났지?"

알프레드는 우리의 감정을 전혀 존중하지 않았다. 한참 서로의 마음을 보여주고 있는데 지금 꼭 그것을 알아야 하다니. 날도 밝으려면 아직 멀었고 음식도 이제야 굽는 냄새가 솔솔 동굴 안으로 퍼지는 중인데 젊은 사람 생각은 전혀 하지 않는 늙은 영혼이었다.

"집에서 엄마의 물건들을 정리하는데 아빠가 수비대에 이끌려서 들어왔어요. 전혀 생각지도 못한 일에 나는 깜짝 놀랐죠."

도로시는 그 당시의 얘기를 풀어놓기 시작했다.

"내가 차고지아를 도망친 지 15일 정도가 지나서 집에 왔기 때문에 아빠는 벌써 죽은 줄 알았어요. 그때 감옥에 가두고 왔으니까요."

"맞아. 내가 감옥에 밀어 넣고 왔지."

나는 감옥에서 살려달라던 가메로를 잊지 않고 있었다. 그리고 수비대에 의해 처형당했든지 전쟁터로 끌려 나갔을 거라고 생각했다. 그래서 이곳에 와서 생명의 은인이라고 아만다가 가메로를 소개했을 때 얼마나 황당했는지 모른다.

"아빠하고 같이 온 수비대의 병사들이 내 방으로 뛰어들어서 마구 뒤지기 시작했어요. 아마 아빠는 윌리암에 대한 정보가 있다고 거짓말을 했던 것 같아요. 어차피 죽을 거면 잡을 수 있는 것은 다 잡아보자는 식으로 말이죠. 그런데……."

도로시의 방에는 윌리암에 대한 정보는 하나도 없었다. 끽해야 여자 옷으로 갈아입을 때 남겨놓았던 그전 옷가지 몇 개뿐. 금방 가메로에게 속은 걸 알게 된 병사들은 그 자리에서 그를 죽이려고 했었단다.

"내가 무슨 용기로 병사들 앞에 나섰는지 지금도 모르겠어요."

"으음!"

"지금까지 한 번도 나를 딸같이 대해준 적은 없었지만 왠지 그런 아빠마저 죽는다면 나는 이 세상에서 아무도 없는 외톨이로 남을 것이라는 두려움이 생겼어요."

"이해한다."

알프레드가 도로시의 당시 마음을 어루만져 주었다.

"막상 아빠를 구하기 위해 나섰지만 아무런 방법도 없었어. 그냥……."

도로시는 어쩔 줄 모르고 발만 동동 굴렸다고 한다. 병사들은 갑자기 나타난 그녀를 보며 자기들끼리 수군거리더니 그녀를 잡아갔었다. 그들은 이미 도로시를 알고 있었던 것이다. 반역자들과 함께 도망친 소녀를 모를 리가 없었다.

"병사들은 윌리암에 대해서 물어보려고 나를 수비대로 끌고 가려 했어요. 병사들이 나에게 달려들고 겁에 질린 난 손을 어루만지며 살려달라고 했는데……."

내가 타이맨들을 물리쳤을 때와 비슷한 상황이었다. 반지에서 노란빛이 터져 나가며 수비대의 병사들이 전부 날아가 버린 듯했다.

"아빠도 너무 놀라 멍하니 나를 바라보았죠."

가메로는 눈앞에서 벌어진 광경을 도저히 믿을 수가 없었을 것이다. 도망갔던 도로시가 다시 나타난 것도 그렇지만, 그녀가 엄청난 능력을 지니고 있었기 때문이다.

"도저히 정신을 추스르지 못하고 있던 아빠에게 나는 단 한마디만 했어요."

"뭐라고?"

알프레드뿐만 아니라 나 역시 모든 것이 궁금했다.

"우리는 가족이라고."

"그랬더니 가메로… 아니, 너희 아빠가 순순히 너를 받아줬어?"

"한참이 지나서야 정신을 차린 아빠는 제일 먼저 잔인하게 웃더군. 그러더니 다짜고짜 나를 때리는 거였어."

"그러고도 남을 인간이지."

나는 아직도 바닥에 정신을 잃고 쓰러져 있는 가메로를 흘겨보았다.

"너무 슬펐어."

"아픈 게 아니고 슬퍼?"

맥슨이 얘기 중간에 끼어들었다.

"슬펐어요. 우리는 가족인데 아직도 아빠는 그것을 모르는구나 하는 생각이 들면서 눈물까지 흐르더군요."

"그 심정 이해해."

나도 가족이란 것이 얼마나 소중한 것인지는 안다. 행복의 근원인 가족의 고리가 깨지는 순간, 말로 못할 충격이 찾아온다는 것도 경험으로 터득했고, 지금도 그 그늘에서 벗어나지 못하고 있었다.

"나는 아빠를 붙잡고 울부짖었어. 아빠, 이제 그만 해요! …우리는 가족이란 말이에요! 이제는 아빠가 저를 지켜줘야 해요!"

불규칙하게 떨려 나오는 도로시의 목소리가 그 당시의 감정을 느끼게 했다. 순간 도로시의 눈에 힘이 들어갔다. 그녀는 과거의 슬픔으로 빠져들고 있었다.

"그랬더니?"

이유는 모르겠지만 내 가슴이 두근거리기 시작했다. 맥슨을 비롯한 다른 일행들도 넋이 빠진 듯 도로시를 쳐다보고 있었다. 아마도 도로시의 모습이 너무도 진지했기 때문인 것 같았다. 그녀에게는 그만큼 하기 힘든 얘기이기도 했다.

"그때 놀라운 일이 벌어진 거야."

"놀라운 일이라니?"

눈만 반짝이던 카리카가 가만히 넘어가지 못했다.

"내가 발악하듯이 소리를 지르는 순간 나를 마구 때리던 아빠가 동작을 딱 멈춘 거예요. 그리고는 비록 굳은 표정이었지만 다정스럽게 내 어깨를 잡으셨죠."

"으음!"

알프레드는 도로시의 반지를 유심히 바라보았다.

"그 다음부터는 내 말이라면 무조건 들어주실 뿐만 아니라 나를 보호해 주시는 정말 좋은 아빠가 됐죠."

"그랬구나. 그 다음은 수비대를 피해 호수 밑에 있는 동굴로 자리를 옮기고 어떤 이유인지는 몰라도 젤라웰을 통해서 여기까지 알게 됐구나."

알프레드가 도로시의 모든 것을 짐작하는지 술술 잘 풀어놓았다.

"어느 날인가 우연히 젤라웰을 발견하고 그 벽 밖으로 타이맨들을 볼 때였는데 머리가 초록색인 사람들이 무리를 지어서 허겁지겁 동굴 안으로 들어왔어요. 그리고는 곧바로 깜짝 놀란 타이맨들이 무슨 말을 하기도 선에 살육자들이 나타나서 마구 죽이기 시작했어요. 놈들은 모두 가면을 쓰고 있었는데 너무 잔인했어요."

"아만다는 그때 살려준 거군."

맥슨이 아만다의 얼굴을 살짝 매만졌다.

"살육자들의 칼에 죽어가는 타이맨들과 초록색 머리 사람들 틈에서 겁에 질린 아만다를 보면서 내가 조그맣게 중얼거렸는데 아빠가 갑자기 아래로 내려가더니……."

도로시의 말이 떨어지기 무섭게 젤라웰을 빠져나온 가메로는 아만다를 감싸 안았다지만 침입자들에게서 그녀를 보호해 주기에는 너무

나 미약한 힘이었다. 그래도 가메로는 아만다를 자신의 뒤에 놓고 떡 버티어 서더니 어디서 주웠는지 손에는 도끼까지 들고 있었다고 한다.

"나는 너무 겁이 나고 불안했어요."

"또 뭐라고 중얼거렸지?"

알프레드는 계속 도로시의 반지를 바라보고 있었다.

"아빠, 어둠 속으로 숨어요!"

"으음!"

"그래서 살았군. 내 말대로 다크니스였어."

노노가 고개를 끄덕였다.

"도로시가 마법까지 쓸 수 있단 말야?"

맥슨이 지금까지의 얘기를 믿을 수 없다는 표정을 짓자 도로시가 말을 계속 이어갔다.

"마법인지 아닌지는 모르겠지만 그때서야 내가 원하는 대로 된다는 것을 알았어요. 그 힘이 바로 윌리엄이 준 반지에서 나온다는 것도 짐작했고요. 그리고 나중에 안 사실이지만 반지의 이름인 파트리시어스를 부르면 엄청난 힘이 생기더군요."

"아하!"

나는 조금 전에 맥슨과 카리카가 노란 바람에 당했던 일을 생각했다. 그래서 드워프의 보물에 숨겨진 능력을 하나 더 알게 되었다.

"그런데 아만다는 왜 도로시에 대해서 모르지?"

"그러게?"

카리카와 노노는 동시에 다음 궁금증을 풀어놓았다.

"아빠가 아만다를 구하고 난 후에는 젤라웰을 통해서 이쪽 동굴로 데리고 오려고 했는데 그녀가 가지 않겠다고 하는 바람에……."

도로시가 아만다를 바라보았다.

"사실은 아빠가 죽었다는 건 들었지만 시신을 본 것도 아니고 믿고 싶지가 않았어요. 기다리면 올 것만 같은 막연한 바램이 들어서 그냥 머물겠다고 했어요. 그리고 우리 그린 족이 살던 마을과 멀리 떨어지기도 싫었고요."

아만다가 변명 아닌 변명을 했다.

"그날 이후 아만다는 넋이 나간 사람처럼 그린 족의 마을에서 하루 종일 머물다가 돌아오곤 했는데 그 심정을 모르는 것도 아니니까 아빠에게 아만다를 맡겨놓고 나는 이쪽 동굴에서 파트리시어스의 능력을 시험하면서 지냈죠. 굳이 아만다 앞에 나타날 필요도 없고 해서 지켜만 보는 정도였어요."

도로시의 길고도 긴 얘기가 마침표를 찍었다.

"이제야 모든 궁금증이 풀리는군. 놈들은 그린 족을 죽이려고 타이맨들까지 없앤 거야. 여기도 그린 족의 시체는 없어. 그 얘기는 놈들이 윌리암하고 연관된 모든 것들은 전부 지우고 있다는 거지."

알프레드가 주변을 살펴보았다.

"그렇다면 아만다의 아빠인 사코치도 나 때문에……."

나는 더 이상 말을 하지 못하고 아만다를 바라보기만 했다. 우리 때문에 사고치가 죽었다면 아만다에게 씻을 수 없는 죄를 진 것이었다. 미안한 마음을 주춤거리는데 이런 나를 달랜 것은 오히려 아만다였다.

"윌리암, 괜찮아."

"아만다……."

맥슨이 아만다를 품에 더욱 꼭 안았다.

"나는 다른 것은 생각하지 않기로 했어. 지금은 오로지 복수할 마음뿐이야. 그러기 위해서는 나부터 강해야지."

"장하구나."

알프레드가 대견스럽다는 듯 아만다를 바라보았다.

"그 복수를 내가 해준다!"

맥슨은 큰 소리로 다짐했다.

"고마워, 맥슨."

아만다가 진심으로 고마운 눈빛을 했다. 그때 바닥에 쓰러져 있던 가메로가 정신을 차리고있었다.

"으으윽……."

"아빠!"

맥슨의 품에 있던 아만다가 가메로에게 뛰어갔다.

"……."

몸을 추스르고 겨우 일어서는 가메로를 아만다는 부축했다.

"괜찮아요?"

"사랑하는 내 딸아, 걱정 마라."

나는 그 한마디에 놀랄 수밖에 없었다. 아만다에게 말은 들었지만 저런 부드러운 목소리를 낼 수 있다는 자체가 신비롭기까지 했다.

"도로시, 고마워."

아만다가 도로시에게 다가갔다.

"호호호, 이제부터는 내가 언니라고 불러야죠?"

도로시는 환하게 웃었다.

"요리가 다 됐어요. 모두 모여!"

구수한 냄새가 나는 걸 보니 도로시가 얘기하는 중에 간간이 끼어들던 카리카가 그래도 자신의 임무를 다한 듯했다.

"여기 일도 대충 마무리된 것 같은데 다음은 어디로 가죠?"

맥슨은 동굴 중앙에 마련된 자리로 발길을 옮기며 알프레드를 쳐다보았다.

"사즈후튼가로 가야지."

나는 맥슨을 보며 인상을 썼다. 당연한 것을 물어보는 것을 보면 아무튼 싸움밖에 모르는 곰탱이가 틀림없다. 하기야 그게 맥슨의 장점이기도 했다.

(3)

　날이 밝자 우리는 대충 끼니를 때우고 다음 목적지로 향했다. 맥슨은 침입자들의 정체가 뻔한데 시간 낭비하지 말자고 투덜거렸지만, 알프레드는 아무 대답도 없이 우리가 가야 할 길을 두 갈래로 나눠주었다.

　한 갈래는 노노와 카리카를 중심으로 아만다, 도로시, 그리고 가메로는 곧장 칼마르 제국의 수도인 오베르슈돌츠로 향하고, 나와 알프레드, 맥슨은 사즈후튼가부터 방문하기로 했다.

　맥슨이 알프레드를 향해 입술을 내밀고 불만스러워하는 이유도 아만다하고 헤어진다는 사실 때문이었을 것이다. 나 역시 도로시를 다른 길로 보내야 하는 아쉬움이 있었지만 알프레드의 지시에는 일리가 있었다.

　여러 명이 한꺼번에 움직이는 것은 적의 눈에 너무 잘 띄어 위험하

고, 시간을 절약하기 위해서 누군가가 칼마르 제국의 동정을 살펴야
하는데 알프레드가 나눠준 노노의 일행은 헤라트가 모르는 얼굴들이
라 적합하다고 했다. 더군다나 제크의 일행을 이끌고 있는 알프레드
의 아들인 투투가 노라하트 항구에 도착할 날도 멀지 않았다. 아직 씨
에라가 연락을 하지는 않았지만 노노의 일행은 곧 도착할 해적들을
칼마르 제국에서 맞아들일 준비도 해야 했다.

"도로시가 잘 견뎌낼지 모르겠어."

나는 칼마르 제국으로 떠나는 노노 일행의 뒷모습을 바라보았다.
머리를 두 갈래로 땋아 내린 여자애가 제일 뒤에서 자꾸만 돌아보
았다.

"걱정 마라."

알프레드가 내 어깨를 툭툭 쳤다.

"노노와 카리카가 잘 지켜줄 건 알지만 그래도……."

나는 멀리 사라지는 도로시를 바라보았다. 그녀는 뒤를 돌아볼 때
마다 내가 보고 있는 것을 아는지 손을 흔들어주었다. 그녀의 속마음
은 그렇지 않겠지만 나를 안심시키기 위해서 너욱 힘차게 손을 흔드
는 것 같았다.

"도로시……."

내 손가락에는 반지가 끼어져 있다. 드워프의 보물인 파트리시어스
였다. 내가 위험한 곳으로 간다는 사실을 안 도로시가 힘이 되라고 돌
려준 것이다. 그리고는 내 걱정을 덜어주기 위해 이곳을 떠나 험한 길
을 따라나선 것이다. 물론 처음에는 가기 싫다고 발을 빼던 도로시였
다. 아만다는 복수를 위해 무작정 따라나섰지만 도로시는 굳이 그럴
필요가 없었다. 엄마의 흔적이 있는 차고지아에 그냥 남아 있으려 했

다. 그러나 반지도 없는 그녀가 여기서 버틴다는 것은 너무 위험한 일이었다. 나는 반지를 받는 조건으로 그녀를 달랬다. 그러자 그녀는 내 걱정을 덜어준다며 힘들지 않게 허락했다.

"아만다가 잘 견딜까?"

길을 나서던 맥슨의 걱정은 끊이지를 않았다.

"너도 너무 그러지 마라."

알프레드가 핀잔을 주었다.

"누구나 다 위험한 거야."

"아만다는 혼자잖아요."

"왜 혼자야?"

내가 눈을 흘겼다. 가뜩이나 도로시 때문에 마음이 무거운 나였다.

"노노와 카리카는 서로 좋아하는 사이고 도로시는 아빠인 가메로가 있잖아. 그러니까 아만다는 불쌍하게도 의지할 사람이 하나도 없잖아."

"그래도 아만다 누나는 도로시보다 안전하잖아."

나는 맥슨의 말을 들으며 도로시에 대한 걱정이 더욱 생겨났다.

"뭐가 안전해?"

이번에는 맥슨이 퉁명스럽게 되물었다.

"카리카는 맥슨의 종이잖아. 그리고 말로만이라도 노노도 카리카와 마찬가지고."

"그래서?"

"만일 도로시와 아만다 누나가 똑같이 위험에 처한다면 그들이 누구를 구하겠어?!"

"그거야……."

맥슨이 얼른 대답을 하지 못했다.

"말하나마나 주인의 연인인 아만다 누나지."

"……."

내가 기운없이 이유를 들이대자 맥슨이 아무 말도 하지 않았다.

"모두 그만 해라!"

알프레드가 축 처진 우리에게 한마디 했다.

"큰 스승님은 걱정이 안 되세요?"

맥슨은 타이맨의 동굴을 떠날 때부터 알프레드에게 가졌던 불만이 가시지 않은 듯 계속 툴툴거리고 있었다.

"걱정이야 되지만 모두 리쿠스 신의 뜻이다."

"아무튼 편하다니까."

"너희들의 걱정이 하늘에 닿아서 도로시나 아만다가 모두 안전하게 칼마르 제국에서 자리를 잡는다 해도 우리가 잘못된다면 모두 끝나는 거야."

"으음!"

나는 알프레드의 신난하고 정확한 충고를 새겨들었다. 우리도 당장 어떻게 될지 모르는 상황이었다. 우선은 내가 맡은 일부터 신경을 써야 할 때였다.

"오랜만에 우리 셋만 있게 됐네."

알프레드가 적절하게 분위기를 바꾸었다.

"그러게요."

맥슨이 나와 알프레드를 번갈아 바라보았다.

"정말!"

나는 환하게 웃었다. 길을 떠나면서 처음으로 지어보는 미소였다.

지금까지 지내오면서 우리 셋이 함께한다는 것이 얼마나 소중한지는
충분히 알고 있었다.

"윌리암."

알프레드가 웃고 있는 나를 불렀다.

"왜?"

"하우제터스 자작님이 보고 싶지?"

"보고 싶어."

"당연하죠. 그래도 아버지 연을 맺었는데."

맥슨이 옆에서 한마디 거들었다.

"그런데 혹시 침입자들이 벌써 다녀갔을까 봐 걱정이야."

나는 다시 시무룩해졌다.

"자작님은 검술이 뛰어나신 분이니까 쉽게는 안 당했을 거야."

"그렇긴 한데……."

"윌리암, 눈으로 보기 전에 미리부터 걱정할 거 없다."

"알았어."

우리가 향하고 있는 사즈후튼가의 영지인 자코빈은 이곳에서 서쪽
으로 말을 타고도 3일은 가야 했다. 하지만 우리에게는 '헤데지바의
거울'이 있었다.

"드워프의 세 가지 보물 중에 두 개는 다시 우리 손에 들어왔구나."

알프레드는 거울을 꺼내는 나를 보며 말했다.

"우리에게 큰 도움이 될 거야."

도로시가 나에게 파트리시어스를 빼주며 동굴에서 스스로 알아낸
능력들을 자세히 가르쳐 주었다. 이미 내가 해보거나 들어서 알고 있
던 방법—반지를 비비면 강력한 노란 폭풍이 나가는 것이나 반지의 이름을

부르면 그보다 몇 배나 강한 공격을 한다는 사실—외에도 몇 가지가 더 있었다.

"떠나기 전에 다시 한 번 주의를 주는데……."

알프레드는 거울로 들어가기 전에 나와 맥슨이 지켜야 할 주의 사항을 되짚어주려 했다.

"아무튼 저 노파심은 죽어서도 못 고친다니까."

맥슨은 여전히 못마땅한 표정이다.

"저놈은 한 번도 그냥 말을 들은 적이 없다니까."

"큰 스승님이야말로 우리를 너무 어린애로 보잖아요. 이미 귀에 딱지가 앉을 정도로 무진장 들었구만."

"그래서 네가 사고 안 치고 다니냐?"

"어쩔 수 없을 때나 그랬지, 제가 일부러 그런 적은 없잖아요."

"네놈이 잘못 움직여서 죽을 고비가 한두 번이었으면 말도 안 한다. 매번 사고치는 게 누군데 저러는지."

알프레드와 맥슨이 괘한 설전으로 시간을 끌고 있었다.

"맥슨, 근 스승님 말 들어서 잘못된 적도 없는데 너무 그러지 말아."

내가 사태를 수습하려고 했다. 살아오면서 수도 없이 봐온 광경이지만 내가 말리지 않으면 끝나지 않는 둘만의 자존심 싸움 같은 거였다.

"매일 같은 말이니까 그렇지."

"그러니까 네놈이 발전이 없는 거야."

둘은 다시 침을 튀겼다. 이런 모습을 보며 나도 모르게 나오는 웃음은 이 상황이 너무 익숙하기에 편안한 마음마저 들기 때문이다. 그 다투는 소리는 우리 셋이 현재 함께한다는 뜻이기도 했다. 다른 일행이 떨어져 나가고야 우리만의 존재를 확인하는 순간이었다.

"내가 졌으니까 말씀하세요."

항상 그렇듯 맥슨이 알프레드의 조리있게 펼치는 타당성에 손을 들었다.

"진작에 그럴 것이지 꼭 사람 힘을 빼요."

영혼도 말다툼하면 숨이 찬가 보다. 입으로 푸푸거리며 알프레드가 하고자 했던 얘기를 기어이 꺼냈다. 그의 주의 사항은 사소한 것까지 열댓 가지나 되었지만 종합적으로 정리해 보면 사즈후튼가에 도착해도 절대로 경거망동하지 말라는 것이었다.

"당연한 거라니까."

"들어서 나쁠 게 뭐 있어."

"좋은 말도 너무 들으면 짜증나는 거야."

"후후후, 그건 그래."

알프레드가 주의 사항을 마치고 거울로 들어가자마자 우리는 이러쿵저러쿵 말들을 늘어놓았다.

예전에 저승 세계로 가면서 스틱스 강을 건널 때 탔던 투명 공에 오르던 나와 맥슨은 입술에 힘을 주었다. 알프레드의 주의를 들어서가 아니라 우리 스스로도 목적지를 향하면서부터 결의를 다지고 있었다. 더욱이 맥슨은 아만다의 복수까지 덤으로 챙겼기 때문에 그 결의는 대단했다. 어쩌면 알프레드는 이런 맥슨이 의욕만 앞서서 사태를 망칠까 봐 몇 번이고 주의 사항을 되새겨 준 것인지도 모른다.

"플라이트!"

내 입에서 마법의 이름이 나오고 투명 공이 공중으로 솟아오르자 맥슨은 꾸벅꾸벅 졸기 시작했다. 조금 전 결의를 다지던 모습은 전혀 없었다. 아마 어젯밤에는 꿈에도 그리던 아만다와의 재회를 만끽하느라고 잠을 못 잔 것 같았다.

"크르렁! 크르렁!"

조는 듯싶더니 이내 코를 고는 맥슨을 보며 나는 그동안 잊고 있었던 엄마를 생각해 보았다. 지금까지 지나온 모든 일들을 모아보면 그 목적은 아버지의 원한을 갚고 샤론 족을 재건하는 거였다. 그러기 위해서는 꼭 거쳐야 하는 것이 엄마의 일이다. 엄마의 문제를 해결하지 않고는 앞으로의 모든 일이 신의 뜻에 의해 무사히 풀린다고 해도 근본적인 해답을 얻을 수가 없는 것이다. 아버지의 복수는 말할 것도 없지만 나를 버리고 헤라트에게 갔던 모자지간의 정도 정리해야 했다.

"맥슨, 그만 일어나!"

"벌써 도착했어?"

이런저런 생각을 하는 동안 어느새 투명 공은 지시한 자코빈 지역에 도착했는지 아래로 하강하고 있었다. 전혀 속도를 느끼지 못했는데…….

태양의 위치로 봐서는 반나절도 안 걸린 모양이다.

쿵!

"어쿠쿠!"

옆에서 땅을 울리는 커다란 진동이 있고서야 나는 땅에 도착한 것을 알았다. 내 발 밑에는 투명 공이 사라지는 동안 미처 일어나지 못해 공중에서 떨어진 맥슨이 엉덩이를 쓰다듬고 있었다.

"알프레드."

나는 제일 먼저 거울에서 알프레드를 불러냈다.

"여기가 자코빈이구나."

사즈후튼가의 영지는 일반 시골 풍경하고 크게 다르지 않았다. 끝도 없이 펼쳐진 들판에는 아직 수확하지 않은 곡식들이 바람결에 살랑거렸고 여기저기 사람들이 추수를 열심히 하는 모습이 보였다.

"윌리암의 땅이 이렇게 넓은 거야?"

맥슨이 손으로 먼 곳을 가리키며 이쪽 끝에서 저쪽 끝까지 쭉 훑었다.

"내 땅?"

"너는 사즈후튼가의 아들이잖아."

"그건 맥슨의 말이 옳다."

"……"

나는 친구들이 내 땅이라 인정해 주는 넓은 들판을 잠시 바라보았다.

"알프레드."

"윌리암, 무슨 일이냐?"

"자작님을 보면 뭐라 불러?"

"전에도 말했지만 아버지라고 해라. 네가 양자로 정해진 것도 그렇지만 앞으로 우리 일을 하는 데도 힘이 될 거다."

"이러고 있을 때가 아냐."

갑자기 맥슨이 결의에 찬 표정을 짓곤 일행을 재촉했다.

"왜 그래?"

알프레드가 불안한 모습으로 주춤했다.

"아만다의 복수를 해야죠."

"이놈아! 뭘 어떻게 복수해?"

"어서 가요."

어이없어하는 알프레드를 뒤로하고 맥슨은 대답도 없이 서둘렀다.

"정확한 상황을 확인하기 전에는 조심해야 한다고 했잖아!"

"알고 있다니까 계속 뭐라고 하시네."

"이놈아! 알고 있다는 놈이 그렇게 무턱대고 서두르냐? 잘못하면 네놈 설치는 것 때문에 우리까지 죽을 수 있어!"

"누가 뭐래요?"

맥슨이 눈을 흘겼다.

"이놈이 뭘 잘했다고 눈에 힘을 주고 그래?"

알프레드가 큰 소리로 소리쳤다.

"내 말은 그냥… 다만 어차피 만날 사람이니까 일단 가서 살펴보자는 거죠."

맥슨이 알프레드의 기세에 눌러 한발 물러났다.

"정말 그런 말이었어?"

알프레드도 소리친 게 미안한가 보다. 아무튼 둘의 싸움은 처음부터 끝까지 한 번도 그 법칙에서 빗어난 적이 없었다.

"그런데 자작님… 아니, 아버지… 가 사는 저택이 어디야?"

나는 들판을 빙 둘러보았지만 집이라고는 보이지를 않았다.

"맥슨이 앞장섰으니 저기 일하는 사람들에게 물어봐라."

"예."

"아니다. 나하고 같이 가자."

알프레드가 무슨 생각인지 맥슨과 함께 들판에서 추수(秋收)를 하고 있는 사람들에게 다가갔다. 나도 혼자 남기 뭐해서 그들의 뒤를 서서히 쫓아갔다.

"말씀 좀 물읍시다."

맥슨은 사람들을 불렀다.

"뭔데요?"

곡식을 거둬들이던 사내가 허리를 폈다.

"이곳이 사즈후튼가의 영지인가요?"

"그런데요."

"그럼 하우제터스 자작님이 사는 곳이 어디죠?"

"이 길을 따라 반나절 정도 가시면 됩니다."

"반나절이나?"

맥슨은 놀란 얼굴로 우리를 돌아보았다. 땅이 넓다는 것은 알았지만 그 정도인지는 몰랐다. 반나절이라니… 그 거리가 어느 정도인지는 짐작하고도 남았다.

"혹시 이곳에 이상한 일은 없었나요?"

맥슨의 뒤에 바짝 붙어 몸을 숨기고 있던 알프레드가 사내에게 물었다.

"아뇨."

사내는 대답을 하고는 맥슨을 이상하게 쳐다보았다.

"그럼 자작님은 안녕하신가요?"

"물론이죠. 오늘도 이곳을 지나가셨는데요."

"으음!"

굳어 있던 알프레드의 표정이 조금은 풀렸다. 그때 들판에 서 있던 사내가 고개를 갸우뚱거렸다.

"거참, 신기하네."

사내는 뚫어져라 맥슨을 쳐다보았다.

"왜 그러세요? 내 얼굴에 뭐가 묻었나요?"

맥슨이 얼굴을 만져 보았다.

"아뇨, 신기해서요."

"뭐가 신기해요?"

"어떻게 입도 벌리지 않고 말을 해요?"

맥슨은 잠시 고개를 뒤를 돌려 자신의 등 뒤에 숨어 있던 알프레드의 영혼을 슬쩍 보고는 무슨 이유인지 슬그머니 일어섰다. 들판에 서서 맥슨과 마주 보고 있던 사내는 알프레드의 존재를 몰랐으니 그가 말한 것으로 알았던 것이다.

"이상한 일이 없었다니 일단은 안심이네."

나는 하우제터스 자작에게 아무 일도 없다는 말을 듣고 안도의 한숨을 내쉬었다.

"그렇다면 빨리 가야지."

맥슨이 갑자기 자리를 떴다. 넋 놓고 있던 알프레드가 무척이나 당황했다.

"저, 저놈이……."

알프레드가 난처한 표정으로 사내를 한번 힐끔 보고는 얼른 맥슨 쪽으로 가버렸다. 사내는 눈을 꼭 감더니 머리를 세차게 흔들었다.

"꼬마야! 너도 보았지?"

사내가 내게 물었다.

"뭘요?"

"형체도 뚜렷하지 않고 허옇게 흐느적거리는 게… 마치 고스트 같았어!"

"저는 아무도 보지 못했는데요."

나는 사내가 물으려는 것을 알고 있었다. 그러나 시치미를 뗄 수밖에 없었다. 대낮에 고스트를 봤다는 사실만으로도 이 조용한 들판의 이야깃거리로 충분했다. 우리 일행에게는 별로 유리한 것이 없는 내용이었다.

"정말이냐? 그렇다면 내가 헛것을 봤단 말인가……."

"저는 그만 갈게요."

계속 어리둥절해하는 사내를 뒤로한 나는 맥슨과 알프레드가 있는 쪽으로 얼른 달려갔다.

"어쩜 그렇게도 눈치가 없나?"

"장난한 거라니까요."

벌써 둘은 그 일로 한바탕하고 있었다.

"이 곰탱이 놈아! 장난도 상황을 봐가며 치는 거지."

"도둑고양이처럼 남의 등 뒤에 몰래 숨어서 야옹야옹거리니까 혼내……."

순간 맥슨이 하던 말을 멈추었다. 얼굴이 벌겋게 달아오른 알프레드의 눈이 양 옆으로 찢어지며 도끼눈이 되어 있었다.

"뭐야? 이놈이……!"

"그냥 놀려주려고 그랬다는 거죠."

알프레드의 도끼눈이 점점 위로 치켜 올라가자 맥슨이 부랴부랴 말을 바꿔 얼버무렸다.

"너무 걱정 마. 내가 잘 해결하고 왔어. 아마 헛것을 본 것으로 착각할 거야."

알프레드와 맥슨이 다투는 것을 더 이상 지켜볼 수만은 없어 내가 나서며 그렇게 말했다.

"그래? 잘했네."

맥슨이 내 머리를 쓰다듬었다.

"윌리암이 너보다 몇백 배 낫다."

"큰 스승님이 나만 미워하는데 누군들 나보다 낫지 않겠어요."

알프레드의 칭찬의 말에 맥슨이 곱지 않은 시선으로 아니꼽다는 듯이 바라보았다.

"무엇보다도 아버지가 무사하다니 다행이야."

"어쭈! 아버지란 말이 쉽게 나오네."

맥슨이 나를 놀렸다.

"그렇게 하는 것이 우리에게 유리하다고 했잖아."

"맞다. 역시 윌리암이 똑똑하구나."

알프레드가 다시 나를 칭찬했다.

"또 나만 멍청이라는 뜻이네."

"알면 됐어."

"으그그……."

우리 셋은 하우제터스 자작의 저택끼지 일부러 걸어서 갔다. 마법으로 가면 얼마 되지 않는 거리였지만 사람 눈에 특이하게 보이는 행동은 자제해야 했다. 그리고 밤늦은 시간에 몰래 들어가기로 결정한 후라서 서두를 필요는 없었다.

"반쯤 온 건가?"

맥슨이 하늘을 바라보았다. 해가 서쪽으로 많이 넘어가 있었다.

"시간적으로는 그런데 자세히는 모르겠군. 누구한테라도 물어보면 좋으련만."

알프레드가 혹시 근처에 사람이라도 있는지 둘러보았다. 여긴 이미 추수가 끝나서 아무것도 존재하지 않고 넓은 땅만 끝없이 펼쳐져 있었다.

"어떻게 여기까지 오는 동안 사람이 한 명도 없지?"

나는 이상했다. 처음 도착해서 벌판에서 추수하던 몇 명을 빼고는 사람이라고는 한 명도 보지 못했다. 아무리 여기가 추수가 끝난 곳이라고 해도 이렇게 넓은 땅을 관리하려면 수많은 사람이 필요할 텐데 사람이 없어도 너무 없었다.

"이상하긴 하네."

"네가 보기에도 그러냐?"

알프레드가 긴장하는 맥슨에게 진지하게 다가갔다. 조금 전에 말싸움하던 모습은 이제 보이지 않았다.

"느낌이 안 좋아요."

맥슨은 벌써 허리춤에 손이 가 있었다. 그는 싸움에 대해서는 본능적인 감각을 타고난 용사였다. 자신에게 닥쳐오는 위기를 냄새로 안다는 그였다.

"윌리암, 조심해라."

"왜 그러는데?"

맥슨이 나를 자신의 뒤쪽으로 몰자 나는 맥슨의 행동을 의아하게 바라보았다. 비록 그의 능력을 모르는 바는 아니지만 지금은 사람이 없다 뿐이지 주변은 고요하기만 했다. 더군다나 여기는 나무 한 그루 없는 넓은 들판뿐이었다. 누구도 숨어 있을 만한 장소가 없었다.

"나를 거울로 불러들여라."

"알았어."

알프레드도 위기감을 느끼고 그렇게 말하자 나는 알프레드를 거울로 불러들이며 맥슨의 등 너머를 조심스럽게 바라보았다.

"천천히 앞으로 나가자."

맥슨이 낮은 소리로 속삭였다.

나는 조용히 맥슨의 뒤를 쫓았다. 샤론의 최고 용사가 긴장하고 있는 이유를 아는 데는 오랜 시간이 걸리지 않았다. 이곳은 사람뿐만 아니라 어떤 생물도 보이지 않았다. 주변은 날이 저물면서 더욱 적막해지고 있었다.

"누군가 있다."

맥슨이 가는 길을 멈추었다.

"보이지를 않아."

나는 쉬지 않고 주변을 살폈다. 그리고는 어느 정도 시간이 지나도 별다른 이상이 없자 조심스럽게 한 발을 디뎌 앞으로 나갔다.

"움직이지 마!"

맥슨이 서둘러 나를 말렸다. 그러나 내 발은 이미 한 걸음 나가 있었다.

펑! 펑! 펑!

지축을 흔드는 굉음은 발 밑에서 터져 나왔다. 그리고는 시커먼 그림자들이 땅을 뚫고 솟아올랐다. 그중에 하나가 내 다리를 움켜잡았다.

"어엇!"

나는 소리도 제대로 못 지르고 시커먼 그림자의 손에 거꾸로 매달린 꼴이 되었다.

"윌리암!"

맥슨이 너무 놀라서 달려들었지만 물러서야만 했다. 그림자들이 동시에 맥슨에게 달려든 것이다.

"죽어!"

"어림없다!"

칼을 뽑아 든 맥슨이 풍차가 돌듯 칼을 흔들었다.

쟁! 쟁! 쟁!

둔탁한 쇳소리들이 황량한 벌판에 퍼지며 맥슨에게 달려들었던 그림자들이 사방으로 내려섰다. 그들은 검은 옷을 입고 있는 사내들이었다.

"칼을 버리고 항복해라! 그렇지 않으면 이 꼬마를 죽이겠다!"

내 발을 잡고 있던 그림자가 맥슨에게 소리치자 맥슨은 잠시 생각을 하더니 사내가 시키는 대로 칼을 땅에 내려놓으려 했다.

"곰탱아, 그럴 필요 없어!"

내가 소리치자 맥슨이 주춤했다.

"꼬마야, 죽고 싶냐?"

"죽는 건 네 몫이야."

나는 손을 뻗으며 반지를 보았다. 석양의 붉은빛을 받아서인지 조그만 반지는 붉게 그늘져 있었다.

"파트리시어스!"

내 입에서 처음으로 반지의 이름이 나오는 순간이었다.

펑!

거대한 노란 폭풍이 사내의 가슴을 덮고 쓸어버렸다. 폭풍 너머는 아무것도 남아 있지 않았다. 사내 뒤에 있던 다른 사내들 두세 명이 함께 나가떨어졌다. 벌판마저 훑고 지나가며 흙먼지가 일어났다.

"으악!"

사내가 뒤로 나가떨어지자 발목이 편해졌다.

"별것도 아닌 게."

"윌리암, 제법인데?"

내가 손바닥을 털고 일어서자 그때까지도 걱정스러운 표정을 풀지 못하던 맥슨이 환하게 웃었다.

"이제 제대로 싸워봐."

나는 맥슨을 보며 윙크를 했다. 사내들은 모두 5명이었는데 그들의 실력은 모르겠지만 맥슨이 처리하기에는 힘들지 않을 것 같았다.

"어디 그래 볼까?"

맥슨은 오랜만에 하는 싸움이라 그런지 기분이 아주 상쾌해 보였다. 죽음을 두려워하기는커녕 오히려 싸움을 즐기는 맥슨이야말로 진정한 용사처럼 보였다.

"꼬맹이의 마법을 믿고 까부나 본데 지금도 늦지 않았다. 지금이라도 무릎을 꿇는다면 목숨만은 살려줄 수 있다."

사내 중에 키 작은 덩치가 선심 쓰듯이 맥슨에게 항복을 권했다.

"저놈이 뭐라고 하는 거야?"

맥슨은 일부러 못 들은 척하며 나에게 어깨를 으쓱했다.

"지금도 늦지 않았으니까 얼른 죽여달라네."

"그런 말이지?"

내 대답에 맥슨이 맞장구쳤다. 그러자 키 작은 사내의 얼굴이 빠른 속도로 시뻘겋게 달아올랐다. 그러나 나는 개의치 않았다.

"맥슨, 어서 소원을 들어줘."

"그래야겠지. 나도 드디어 착한 일이라는 거 한번 하네."

맥슨이 말을 마치고 키 작은 사내에게 다가갔다.

"멈춰라!"

사내들이 키 작은 사내를 중심으로 둥글게 공격 대형을 만들었다. 하지만 놈들은 나를 경계하며 먼저 덤비지 못하고 있었다.

"걱정 마라. 나는 꼼짝도 하지 않을 테니까."

나는 사내들의 눈길을 받으며 그들을 안심시켜 주었다. 그들은 내가 보여준 능력을 겁내고 있었던 것이다.

"꼬마야, 정말이냐?"

"물론이지."

"그렇다면 너는 싸움에 전혀 개입하지도 말고 만일 저 곰탱이가 진다면 우리를 고분고분 따라와야 한다."

사내들이 미심쩍은지 나한테 조건을 내세웠다. 맥슨을 이기더라도 내가 나서면 힘들다고 생각한 것 같다. 그들의 목적은 나를 데리고 어디론가 가는 것인 듯했다.

"좋아. 대신에 나도 조건이 있어."

"뭐지?"

"너희들이 맥슨에게 지고도 살아난다면 우리를 업고 하우제터스 자작 집까지 가야 한다."

"업어?"

사내들은 엉뚱한 내 조건에 어리둥절했다.

"걷는 건 너무 힘들어서."

"허허허!"

사내 중 한 명이 어이없는 웃음을 터뜨렸다.

"싫어?"

내가 손을 들며 앞으로 나섰다.

"그… 래."

이미 나의 능력을 본 사내들이 어쩔 수 없이 겨우 대답을 했다.

"아니, 이것들이 나를 무시한다 이거지?!"

그때 맥슨이 화를 벌컥 냈다.

"어차피 너는 필요없다! 우리가 원하는 것은 윌리암이다!"

사내들이 칼을 곧게 세우더니 맥슨을 둘러싸며 점점 좁혀왔다. 그들의 말에 비추어보면 놈들은 나를 원하는 듯했다.

"네놈들은 목표물을 잘못 잡았다. 나를 죽이기 전에는 윌리암을 데려갈 수 없다!"

맥슨이 칼을 수평으로 눕혔다.

"그래서 우리가 너를 죽이려 한다."

"당연히 그래야겠지. 하지만 중요한 것은 그런 일은 지옥에서도 이뤄지지 않는다는 거야."

"그거야 두고 보면 안다."

사내들이 서로 눈빛을 주고받았다. 그들은 눈빛이 한 점에서 모이자 빠른 속도로 사방에서 맥슨을 공격해 왔다. 그러나 맥슨은 피하지 않고 한쪽으로 맞서 나가는 척하다가 반대쪽으로 칼을 그었다.

쨍!

동료를 공격하는 줄 알고 잠시 방심했던 사내가 맥슨의 칼을 서둘러 막았다.

"으악!"

맥슨은 대륙에서 알아주던 천하장사였다. 그 무지막지한 힘이 실린 칼을 막은 사내는 자신의 칼이 쪼개지며 머리를 가르는 맥슨을 놀란 눈으로 바라봐야 했다.

"에잇!"

한쪽의 길을 뚫은 맥슨은 곧바로 뒤로 돌아서며 칼을 비껴 내려쳤다.

"허억!"

역시 맥슨의 칼을 막으려던 사내의 어깨가 피보라와 함께 날아가며 쓰러졌다. 이미 원형의 대형이 무너진 사내들은 차례대로 맥슨에게 달려들었다. 하지만 그것은 오히려 맥슨에게 유리한 짓이었다. 일 대 일로는 절대지지 않는 그였다.

"흥! 날파리들!"

맥슨의 코웃음이 들리고 또 한 명의 사내가 쓰러졌다.

"맥슨, 잠시 멈춰라!"

거울 속에 있던 알프레드가 황급히 나왔다.

"왜 그래요?"

맥슨은 한참 재미있던 놀이를 빼앗긴 듯 짜증스런 얼굴이었다.

"다 죽이면 누가 이놈들을 보냈는지 모르잖아."

알프레드가 맥슨을 달랬다.

"누가 보냈으면 어때요. 이렇게 약한 놈들은 우리가 찾는 주인공이 아니에요."

"그렇긴 한데 그래도 윌리암을 원하는 놈이 누군지 알면 혼내줄 수가 있지."

"나도 궁금해."

나는 엉거주춤 서 있는 사내들에게 다가갔다. 그들은 예상외로 우리의 실력이 너무 강하자 당황하고 있었다. 동료들이 썩은 나무 쓰러지듯 죽고, 거기다가 고스트까지 나타났으니 그들의 두려움은 더할 것이다.

"누가 윌리암을 원하지?"

"그건……."

사내들은 서로의 눈치를 보았다.

"너희들은 윌리암의 신분을 아느냐?"

"모른다."

"그렇다면 모두 무릎을 꿇어야 할 것이다."

"……?"

사내들이 나의 신분을 정말 모르는지 어리둥절한 표정이다.

"여기 자코빈의 땅을 밟고 서 있는 모든 자들은 하우제터스 자작의 아드님인 윌리암 공(公)을 영접하라!"

알프레드가 근엄하게 소리쳤다.

"영주님의 아들이라고?"

사내들이 깜짝 놀랐다. 도저히 믿을 수 없다는 눈동자로 나를 다시 한 번 살펴보고 있었다. 하지만 이들을 사주한 사람은 나의 정체를 알고 있을 것이다. 그러기에 맥슨은 죽이고 나민 생포하려고 했을 텐데 놈은 너무 큰 실수를 하고 말았다. 바로 맥슨의 존재를 너무 과소평가한 게 지금의 사태가 역전된 발판이었다.

"윌리암 공에게 인사하라니까 멍청히 서서 무엇들 하는 거지?"

맥슨은 그 특유의 거드름을 피웠다.

"증거를 대라!"

사내 하나가 의심을 풀지 않았다.

"그거야 자작님을 직접 만나면 되지."

내가 앞장을 서서 길을 나서는 시늉을 했다.

"우리는 샤론 족을 잡으려고 했던 것뿐이야."

다른 사내가 나와 맥슨의 노란 머리를 번갈아 바라보았다.

"월리암을 잡아오라고 누가 시켰지?"

알프레드가 사내에게 바짝 다가갔다.

"으헉! 비켜!"

사내는 기겁을 했다. 고스트가 자신에게 다가오니 놀랐을 것이다.

"용사가 너무 겁이 많군."

맥슨이 비아냥거렸다. 그러나 사내는 아무 말도 못하고 입술을 깨물면서 일행들 틈으로 찌그러졌다. 이미 기세가 꺾인 사내들이었다.

"다시 묻지. 누가 월리암을 잡아오라고 했지?"

알프레드는 사내들을 천천히 둘러보았다.

"저 꼬마가 자작님의 아들이란 증거는 아무것도 없잖아. 우리도 확실한 것을 보기 전에는 말할 수 없다."

사내들이 완강히 버티며 배후 인물을 밝히지 않으려 했다.

"이제 그런 거 필요없다. 말하지 않으면 죽음뿐이야."

맥슨은 칼을 흔들며 천천히 사내들에게 다가갔다.

"괜히 힘 뺄 필요 없어. 내가 처리할게."

내가 '헤데지바의 거울'을 흔들었다.

"그래, 나도 귀찮다. 네가 마법으로 알아내라."

"고마워."

맥슨이 뒤로 물러난 자리를 차지한 나는 사내들을 잔인하게 바라보았다. 그들은 어찌할 줄 몰라 하며 서로의 눈치를 보며 우물쭈물댔다. 내 실력을 이미 본 그들이었다.

"……."

"내가 원하는 것만 알아내면 너희들은 필요가 없어지지."

나는 간단한 마법을 주문했다.

"파이어 볼!"

거울이 살짝 흔들렸다. 그리고는 푸른빛을 연거푸 쏘아댔다.

펑! 펑! 펑!

나와 맥슨에 의해 이미 죽어 땅바닥에 뒹굴고 있던 네다섯 구의 시체가 불꽃과 함께 흔적도 없이 사라졌다.

"쓸데없이 벌어진 입들은 바로바로 없애야 비밀을 지킬 수 있는 거야."

은근히 겁을 주는 맥슨이다.

"윌리암! 시간이 없으니 어서 시작해라."

"큰 스승님, 알았습니다."

나는 한쪽 무릎을 꿇으며 인사까지 하는 여유를 보였다. 사내들은 그만큼 더욱 불안해하고 있었다.

"우… 리가 말하면 살려줄 테냐?"

"글쎄."

순간 사내들의 얼굴은 사색이 되었다.

"우리를 살려주면 뭐든지 하겠다."

"정말?"

"무, 물론이야."

사내들의 눈동자에 희망이 보였다.

"그럼 우선 누가 나를 잡아오라고 했는지 밝혀봐."

"우리는 그분이 시키는 대로 자작님을 해치러 오는 샤론 족을 막으려고 했을 뿐이야."

사내들은 대답 대신 애써 변명을 했다.

"그러게 그분이 누구냐고?!"

맥슨이 급하게 물었다.

"그분은……."

가운데 서 있던 키가 제일 큰 사내가 입을 열려는 순간이었다. 어디선가 남자의 부드러운 목소리가 들렸다.

"내가 말해 주지."

사내들의 뒤편으로 검은 물결이 일렁거리며 번개가 일어났다.

"공간 이동이다!"

내가 놀라 소리쳤다.

"도련님의 안목이 대단해졌군요."

실체는 보이지 않았지만 목소리의 정체를 아는 데는 별로 지장이 없었다. 라이브 스톤 때문에 우리를 죽이려 했던 사즈후튼가(家)의 집사였다. 하얀 머리에 인자한 얼굴을 지닌 그는 리쿠스 신의 절대 신봉자였던 지고프라 가문의 출신으로 지금은 신분을 감추고 거짓 충신으로 하우제터스 자작의 곁에 있는 사람이었다.

"척스터가 마법까지 쓰다니……."

"그것도 굉장한 실력이다."

맥슨과 알프레드가 신음 소리를 냈다. 헤라트의 최정예 부대인 철갑단의 마스터 기사 하멜은 아버지와 같은 12기가의 싸움 능력을 지닌 대단한 실력자였다. 그렇다면 공간 이동을 할 줄 아는 척스터도 같은 레벨 이상으로 봐야 했다.

"두 명이다."

검은 물결이 자리를 잡아가면서 두 명의 사내가 나타났다. 척스터

뒤에는 그리 크지 않은 덩치의 사내가 뒤따랐다. 그는 다부진 체격에 날카로운 눈매를 가지고 있었다. 낯설지 않은 얼굴이었다.

"혹시 핵산!"

나는 재차 확인하려고 고개를 빼며 소리쳤다.

"뭐야?"

맥슨이 눈에 힘을 주며 척스터의 뒤를 따라오는 사내를 바라보았다. 그는 틀림없이 노예 사냥꾼이었던 핵산이었다. 개인적으로 빚이 많은 맥슨은 이를 갈았다.

"곰탱이, 오랜만이군."

핵산은 미소를 지으며 맥슨을 아는 체했다.

"하하하."

맥슨의 답례는 크게 웃는 것이었다.

"나를 만나니 그렇게 좋은가?"

"하늘이 무심치 않구나. 네놈에게 빚진 걸 갚을 수 있게 하다니 너무 좋아서 그런다."

"아직도 정신을 못 차렸구나."

핵산은 맥슨을 무시하듯 바라보았다. 맥슨이 다시 살아나면서 헤라트의 저주가 풀렸다는 걸 알 리 없는 핵산이었다.

"집사님!"

사내들이 얼른 무릎을 꿇었다.

"바보 같은 놈들!"

척스터는 사내들을 싸늘하게 내려다보았다.

"놈들이 워낙 강해서……."

"시끄럽다!"

"살려주십시오!"

사내들은 척스터의 눈길을 훔쳐보고는 사태가 심상치 않은지 머리를 땅에 박았다.

"쓸모없는 것들은 살 가치도 없다."

"집사님!"

"워 스트라이크!"

일말의 생각도 없이 척스터는 마법을 중얼거렸다. 그러자 그의 손가락에서 전기 에너지가 사내들에게 쏟아졌다.

"으악!"

"카악!"

사내들은 외마디 비명을 지르며 검은 재로 변하여 사라졌다.

"지독한 놈!"

맥슨은 이를 갈았다.

"저놈들은 죽어서 마땅하다."

척스터는 아무렇지 않은 듯 손바닥을 털었다.

"뭐야?!"

내가 나섰다.

"후후후."

"웃지 마라!"

나는 능청맞게 웃는 척스터를 그냥 둘 수가 없었다. 그러나 하얀 머리의 집사는 흔들리지 않았다. 계속 여유를 보이며 나한테 정중하게 인사까지 했다.

"그동안 도련님께서는 대단한 능력이 생기셨군요."

"도대체 무슨 꿍꿍인가?"

알프레드가 더 이상 볼 수 없었던지 한마디 물었다.

"그런 거 없네."

척스터는 알프레드를 지그시 바라보다가 잠시 놀랐다.

"후후후, 내가 죽은 사람이라 그런가?"

"죽었는가?"

"그나마 운이 좋아 이렇게라도 세상을 떠돌고 있지."

"혹시 라이브 스톤의 능력인가?"

"그건……."

알프레드가 맥슨을 바라보며 입을 닫았다. 그리고는 잠시 뜸을 들인 다음에 다른 얘기로 주제를 돌렸다.

"죽이려고 했을 때는 언제고 이제 와서 도련님?"

"자네도 알지만 윌리암 공은 이 집안의 귀한 몸이시네."

"허허……!"

맥슨이 어이없는지 헛웃음을 흘렸다.

"방금 전까지도 우리를 해치려고 했던 사람이 너무 가증스럽군."

어느 때이든 침착함을 잃지 않던 알프레드도 인상을 썼다.

"아무 증거도 없이 나를 몰아붙이지 말게. 저놈들이 사람을 몰라보고 실수를 해서 내가 손을 쓴 거니까 그렇게 알면 되지."

"뭐 하는 수작이야?!"

"자네는 빠지지."

맥슨이 소리를 지르자 핵산이 막아섰다.

"이놈이……."

맥슨이 이를 갈며 핵산에게 바짝 다가가서 코를 맞대었다. 덩치는 맥슨이 훨씬 컸으므로 위에서 아래로 찍어누르듯이 핵산을 밀어붙였다. 누군가 먼저 움직이면 한 번에 끝을 볼 자세였다.

"핵산, 그만 해라."

척스터가 얼른 핵산을 말렸다.

"곰탱이, 집사님께 고맙다고 해라."

핵산이 서서히 물러나며 맥슨을 노려보았다.

"저런 놈에게 신세 지고 싶지 않다."

"끝까지 해보겠다는 거냐?"

"그 헛바닥을 뽑아주마!"

"홍! 그 따위 실력으로는 어림없는 소리다."

핵산이 코웃음을 쳤다.

"그때의 내가 아니다!"

"그동안 늘었어야 파리나 한 마리 더 잡을 정도겠지."

"후후후, 말 한번 잘했다."

"……?"

자신의 말을 듣고 흥분할 줄 알았던 맥슨이 의외로 웃음까지 보이자 핵산은 실망한 모습이다.

"내가 그동안 기른 실력으로 너를 잡아서 네놈이 날파리인 것을 세상에 알려주마."

맥슨은 칼을 쳐들었다.

"나도 더 이상은 봐주지 않겠다."

핵산이 척스터를 바라보았다. 하얀 머리의 집사가 어깨를 들썩이며 둘의 싸움을 인정해 주었다. 그러자 오히려 맥슨이 기다렸다는 듯이 달려들었다.

"간다!"

맥슨은 칼을 집어던지고 맨 손으로 핵산과 마주쳤다.

"덤벼라!"

"전에 받은 만큼 돌려주마!"

"이번에는 살려두지 않겠다."

금세 두 명의 사내가 한 덩어리로 뭉쳐졌다.

우드득!

손과 손이 마주 잡히더니 뼈가 으스러지는 소리가 들렸다. 하지만 그것은 핵산이 자신의 실수를 인정하는 신음 소리로 마무리되고 있었다.

"으으윽!"

"후후후!"

맥슨의 입가에 미소가 깊게 잡힐수록 밑으로 천천히 내려앉는 핵산의 얼굴은 시커멓게 변해갔다. 키가 작은 핵산이 힘 겨루기를 한 것부터 잘못이었지만 노예선에서 맥슨을 두 번이나 쉽게 해치운 그였기에 자신의 힘을 너무 믿었던 것 같다.

"이제부티 날파리 죽이는 법을 가르쳐 주지."

맥슨이 핵산을 밀며 손을 풀었다. 그러자 그 힘에 밀린 핵산이 뒤로 넘어지며 땅바닥에 엉덩방아를 찧었다.

"으윽!"

"어서 일어나!"

"이놈이……."

땅바닥에 주저앉아 있던 핵산이 이를 갈며 일어섰다.

"전에 이슈빌님을 잡을 수 있었다고 했나?"

맥슨이 이죽거렸다.

"내가 방심했어."

핵산은 대답 대신 몸을 한번 흔들며 정신을 가다듬었다.

"아슈빌님은 너 같은 놈이 함부로 입에 올릴 이름이 아니다."

"시끄럽다!"

"별것도 아닌 놈이 자기 재주만 믿고 까불면 죽음뿐이야."

"죽어라!"

칼날이 지는 해에 반사되어 살짝 번쩍였다. 어느 틈엔가 핵산이 일어서며 옆에 떨어져 있던 칼을 잡은 것이다. 그는 순간을 기다리지 못하고 맥슨을 공격했다.

"흥! 어림없다!"

맥슨은 몸을 옆으로 피하며 빠른 발놀림으로 핵산의 팔목을 찼다.

쨍그랑!

힘 한번 써보지 못한 칼이 발 밑으로 떨어졌다. 그러자 핵산은 맥슨의 허리를 잡고 쓰러뜨리려고 했다.

"에잇!"

"후후후!"

핵산은 놀란 눈으로 꼼짝도 하지 않는 맥슨을 쳐다보았다. 자신의 주먹에 나가떨어지던 곰탱이가 아니었다.

"날파리 놈!"

맥슨이 주먹을 번쩍 들었다.

퍽!

비명 소리도 없이 핵산은 맥슨의 다리를 타고 주르르 내려앉았다. 있는 힘을 다해 내려친 맥슨의 주먹을 견딜 만한 사람은 이제 이 대륙엔 없다. 핵산이 아무리 뛰어난 기사였어도 그것은 일반인에게만 통하는 일이었다.

"핵산! 그만 비키시지!"

맥슨은 무릎을 꿇으며 자신의 발목까지 흘러내린 핵산을 걷어찼다.

"으헉! 이, 이럴 수가……!"

겨우 피한 핵산은 불신의 눈으로 고개를 들었다. 그리고 그는 맥슨의 다음 공격으로 죽는 순간까지 그 눈을 감을 수 없었다. 맥슨의 다음 공격은 그의 목이었다.

"그만 가라!"

두꺼운 손으로 핵산의 목을 거머쥔 맥슨은 손아귀에 힘을 주었다. 핵산의 얼굴이 하얗게 질려갔다. 아무리 발버둥 쳐도 빠져나가지 못할 굉장한 완력이었다.

"……."

시간이 흐르면서 핵산의 얼굴은 창백해지며 동공이 커지고 있었다. 그 시간도 얼마 지나지 않아 핵산의 몸뚱이가 축 처졌다.

"다음은 네놈 차례다."

맥슨은 핵산을 땅바닥에 내려놓으며 칙스터에게 나섰다.

"참으시죠."

칙스터가 정중하게 맥슨의 행동을 제지했다.

"그런 개 같은 행동은 통하지 않아."

"괜히 다칩니다."

"가증스러운 놈이 입만 살았구나."

"윌리암님의 친구 분이라 조금 더 놔두려고 하니 스스로 목숨을 재촉하지 마십시오."

"그래도 이놈이!"

맥슨은 손을 뻗어 핵산을 죽일 때와 마찬가지로 척스터의 목을 잡아 올렸다. 초로(初老)의 가냘픈 남자가 대롱거리며 공중에 매달렸다.

"으읍! 후회할 텐데."

숨이 막힌 탁한 음색으로 척스터가 맥슨에게 다시 한 번 경고했다.

"죽어라!"

"이얍!"

맥슨이 손목에 힘을 주려는 순간 척스터의 입에서 기합이 터졌다. 그러더니 두 손으로 맥슨의 손을 풀기 시작했다.

"으음!"

"나를 핵산 같은 놈하고 비교하면 안 되지!"

"으으음!"

나는 놀라지 않을 수 없었다. 저런 몸에서 맥슨을 상대할 수 있는 힘이 나오다니 보고도 믿을 수가 없었다.

"맥슨, 어서 놔! 놈의 실력은 마스터 이상이다!"

알프레드가 심상치 않은 낌새를 느끼고 소리쳤다. 그러나 우직한 성격의 맥슨은 끝장을 보려는지 입술을 깨물며 버티었다.

"어서 놓으라니까!"

알프레드는 맥슨 쪽으로 급히 다가가서 다시 한 번 목청을 돋웠다.

"알았어요."

맥슨도 이상한 기분에 알프레드의 충고를 따르려 했다. 그러나 척스터의 주문이 맥슨의 행동보다 간발의 차이로 빨랐다.

"피어!"

상대에게 두려움을 느끼게 하는 마법이었다. 나도 전에 드래곤에게 당한 적이 있어 알고 있었다.

“으으으……."

부르르 떨며 척스터를 내려놓은 맥슨이 등을 돌리며 몸을 움츠렸다. 마법에 걸린 그의 표정은 두려움으로 가득 차 있었다.

“맥슨! 정신 차려!"

곁에 있던 알프레드가 맥슨의 흩어지는 정신을 잡아주려 했지만 소용없었다. 맥슨은 아예 땅에 코를 박고 숨으려고 했다.

“하하하, 다친다고 했는데 말을 안 듣다니."

“그만 해!"

나는 ‘헤데지바의 거울’ 을 들이밀었다.

“말을 제대로 듣지 못하는 것들은 살 필요가 없지."

척스터가 손을 펄럭였다. 갑자기 그의 소매에서 푸른 기운이 파도처럼 일렁거렸다.

“가라!"

푸른 기운이 기다란 막대기로 뻗어 나며 맥슨의 가슴을 관통하려 했다.

“프로텍터!"

나는 다급하게 거울을 불렀다.

펑!

굉음이 터지며 땅에 코를 박으려던 맥슨이 깜짝 놀라 일어났다.

“으읍!"

생각지도 못한 나의 반격에 손목을 움켜쥔 척스터가 당황했다. 그는 반탄력에 의해 충격을 받은 손목보다는 내 얼굴을 살피기에 더 바빴다.

“도련님이 정말 대단해졌군."

"윌리암! 무슨 일이야?"

마법이 풀린 맥슨이 아직도 가시지 않은 뿌연 연기를 보며 내 곁으로 왔다.

"이제 그만 가시죠."

척스터는 다시 정중한 모습으로 돌아왔다. 정말 알지 못할 행동이었다.

"어디를 가자는 거야?"

내가 경계를 늦추지 않았다.

"아버님을 만나러 오신 거 아닌가요?"

"윌리암을 납치하려고 할 때는 언제고 정말 뻔뻔한 인간이군. 이런 인간은 그냥 둬서는 안 돼."

맥슨은 조금 전에 마법에 걸려 혼났던 일을 기억 못하는 듯했다. 하기야 기억한다면 물러설 그가 아니었다.

"이래서 쓸데없는 비계 덩어리들은 없애야 하죠."

척스터는 나를 보며 미소를 지었다.

"언제 죽을지 모르니 맥슨은 조심해야겠다."

알프레드가 끼어들었다.

"내가 저런 늙은이에게 죽을 것 같아요?"

"그래도 네 몸에 라이브 스톤이 있는 걸 알면 그냥 두지 않을걸."

"라이브 스톤?"

척스터는 눈을 크게 떴다.

"알프레드!"

나는 큰 스승이 쓸데없는 말을 하고 있다고 생각했다. 그렇지 않아도 쓸데없는 존재라고 척스터에게 죽을 뻔했던 맥슨인데 거기다가 정말 죽어야 하는 이유를 달아주다니 도저히 알프레드를 이해할 수 없었다. 그러나 알프레드는 입술에 침을 발라가며 생명의 돌에 대한 것들을 척스터에게 더욱 강조하고 있었다.

"자네는 오늘 복 받은 거야. 라이브 스톤이 바로 옆에 있으니까 말야."

"정말인가?"

척스터가 맥슨을 뚫어져라 바라보았다.

"바로 이 친구의 심장이 라이브 스톤이지. 하지만 그걸 꺼내기는 쉽지 않을 거야."

"자네 말이 정말이라면 목숨을 걸 만하지."

"그렇다면 목숨을 걸게. 돌의 능력이야 자네가 더 잘 알지 않나?"

알프레드와 척스터는 맥슨을 놓고 흥정을 벌이고 있는 듯했다.

"내가 먼저 죽이면 되지."

맥슨이 척스터에게 한 발 다가섰다.

"우리는 당분간 휴전해야 하네."

기회가 되면 맥슨을 없애려던 척스터가 라이브 스톤의 얘기를 듣고는 한 발 물러났다. 내가 모르는 라이브 스톤의 능력이 맥슨의 몸에 녹아 있나 보다.

"왜 우리가 휴전을 해야 하지?"

나는 척스터의 말끝을 물고 늘어졌다. 처음부터 나한테만은 공손히 대하던 척스터가 이상하던 참이었다.

"하우제터스 자작님을 위해서죠."

"자작님이 어떻게 됐는데?"

"하하하, 아버님이라고 하셔야죠."

"빨리 말해!"

내가 바짝 달려들었다.

"아직은 괜찮으시지만 내가 지금 돌아가지 않으면 왜 죽는지도 모르고 눈을 감겠죠."

"자작을 인질로 잡아놓았나?"

알프레드는 이곳에서 벌어지고 있는 상황을 짐작하기 시작했다. 어쩌면 그는 미리 알고 있었는지도 모른다.

"그런 셈이지."

"우리도 네놈을 잡아서 인질로 하면 되겠네."

맥슨이 나섰다.

"맞아. 그래서 자작님하고 교환하면 되겠다."

내가 맞장구쳤다.

"네가 나를 잡을 수 있다고 보나?"

척스터는 나를 빼고 맥슨에게 물었다.

"당연하지."

"후후후!"

"그 웃음이 싹 가시게 해주마."

맥슨은 무시당한다고 느끼고 있었다.

"네놈이 아무리 라이브 스톤의 힘을 가졌다고는 하나 나를 죽이기 전에는 자작에게 가지 못한다."

"내가 마법으로……."

내가 거울을 가슴에 가져갔다.

"하하하, 도련님, 10기가의 능력으로는 저를 어찌하지 못합니다."

척스터가 나를 보며 고개를 가로저었다.

"그건 척스터의 말이 옳다."

알프레드가 나와 맥슨을 말렸다. 아버지나 하멜 정도의 실력을 가졌다면 생포해서 그를 데리고 간다는 것은 그리 쉽지 않을 것이다.

"후후후, 알았으면 빨리 가볼까?"

척스터는 마치 승리자가 된 듯한 표정으로 우리를 재촉했다.

"비열한 놈!"

맥슨하고 내가 부득부득 이를 갈았지만 척스터는 아무런 반응도 보이지 않고 천천히 발걸음을 옮겼다.

"자네는 손쉽게 핵산을 제거했군."

"마음만 먹으면 그놈 정도는 언제든지 죽일 수 있었어."

길을 가는 동안 척스터와 알프레드가 이야기를 나누었다.

"속도 좋다니까."

맥슨이 투덜거렸지만 알프레드와 척스터의 이런저런얘기는 끊이지를 않았다. 모르는 사람이 보면 무지 오래된 친구같이 보였다. 나이도 비슷하고 덩치가 둘 다 홀쭉한 게 머리칸만 빼면 많이 닮은 듯도 했다.

"결론적으로 핵산은 자네에게 있으나마나 하는 존재였군."

"그렇게 따지면 자네나 맥슨도 나한테는 필요없는 존재야."

"후후후, 오로지 윌리암만 있으면 되는 거군."

"이 영지가 나한테는 중요한 가치가 있으니까."

"그 말은?"

조용하게 속삭이던 알프레드가 깜짝 놀랐다.

"죽지는 않더라도 자작은 평생 침대에 누워 있을 거야."

척스터는 알프레드의 의문에 답을 해주었다.

"자네가 그렇게 만들었나?"

"아니네."

"그럼?"

"자네들이 바다에 빠져 죽은 걸로 알고 있던 자작은 윌리암의 시체와 함께 사라져 버린 라이브 스톤을 찾으러 다녔는데, 그러다가 남쪽 지방에서 몬스터에게 당한 거지. 여기까지 살아온 것만도 기적이었네."

"자작에게는 아들이 없나 보군. 그러니까 윌리암을 찾은 거겠지."

알프레드는 이미 알고 있던 사실처럼 가볍게 얘기했다.

"후후후, 자네는 처음 봤을 때도 남들하고 달리 보이더니 여전하군."

척스터가 감탄을 했다. 둘의 대화는 끊이지를 않고 계속 이어졌으며 덕분에 나와 맥슨은 심심하지 않게 길을 걸을 수 있었다.

(4)

　척스터가 우리를 안내하며 말한 바에 의하면 하우제터스 자작은 결혼을 하지 않았다고 했다. 그러니 당연히 슬하에 자식이 있을 리가 없었다. 다시 말하면 자작의 유일한 상속권자는 바로 나라는 얘기였다. 내 눈앞에 펼쳐져 있는 이 넓은 땅이 모두 내 것이었다. 그러기에 척스터는 갑자기 내가 필요해졌다고 한다. 만일 이러다가 자작이 털컥 죽기라도 하면 그의 꿈이 모두 사라지기 때문이다. 사즈후튼가는 번성한 집안이었다. 그러니 자작이 후손도 없이 죽는다면 친척들이 그의 재산을 그냥 둘 리가 만무했다.

　"이곳을 내 것으로 만들려고 하지."

　척스터가 자신의 희망을 밝혔다.

　"하기야 여기를 자네가 소유한다면 사즈후튼가에게 잃어버린 지고프라 가문의 복수를 하게 되는 거겠지."

"바로 그거네."

"사실 윌리암을 죽이려고 했을 때만 해도 다른 양자를 들이면 되니까 방법은 있었지. 그런데 자작이 갑자기 저렇게 되는 바람에 내가 오히려 급해진 거네. 그나마 살아서 여기로 돌아온 것만으로도 다행이지."

"만일 자작이 객사라도 했으면 모든 재산이 다른 친척들에게 넘어갔을 텐데 정말 자네에게는 리쿠스 신의 보살핌이 있었나 보군."

아무리 둘을 바라봐도 누가 적이고 누가 우리 편인지 알 수가 없었다. 어쩌면 저렇게 다정하게 주거니 받거니 얘기를 맛있게 하는지 질투까지 생겼다.

"좀 전에도 말했지만 맥슨이나 자네도 나한테는 필요없네."

"당연히 윌리암만이 필요하겠지."

"그런데 예상치도 못한 문제가 생겼어."

척스터의 얼굴이 굳어졌다.

"후후후, 윌리암이 생각보다 고분고분하지 않지?"

"10기가의 마법을 가진 윌리암 정도는 나 혼자서도 상대하면 되지만 맥슨까지 있잖은가?"

"라이브 스톤을 몸에 지닌 사람이야 죽이기도 힘들지. 하지만 윌리암의 능력을 그 정도로만 보지 말게."

"……."

척스터가 알프레드의 말을 깊이 생각하는 듯했다.

"해적선과 그린 족을 죽인 건 우리를 끌어들이려는 수단이었나?"

알프레드는 얘기를 더욱 깊숙이 몰고 갔다.

"그것도 그렇고 윌리암하고 연관이 되어 있는 것은 전부 없애려고 했지. 나중에라도 윌리암이 여기에 머무는 것을 알고 누구라도 찾아 온다면 일을 그르칠 게 뻔하니까."

"그럼 두 가지 목적을 다 이룬 거로군."

"전부 이루지는 못했지."

척스터가 알프레드하고 맥슨을 가리켰다.

"이제 어떻게 할 건가?"

"뭘 말인가?"

"내가 보기에는 자네 뜻대로 되지는 않을 것 같은데."

"글쎄."

척스터는 많이 위축되어 있었다. 그의 말대로 나보다는 라이브 스톤을 몸에 지니고 있는 맥슨의 존재가 꺼림칙한 것이다.

"아직도 미련이 있나 보군."

알프레드가 고개를 들어 어둠이 잔뜩 스미고 있는 하늘을 바라보았다.

"해보는 데까지 해봐야지."

"목숨을 길겠나는 거군."

"나만 죽진 않을 테니까."

척스터가 의미심장하게 말을 접었다.

"정말 철저한 사람이군. 자네가 우리에게 원하는 것이 무엇이지?"

"협상이야."

"그러다가 협상이 깨지면?"

"결론은 내가 죽으면 자작도 죽는다는 거야. 자작이 몬스터에게 당하고 집으로 돌아왔을 때 나는 그를 치료하면서 약에다가 독을 섞어 주었지."

척스터가 의기양양하게 말했다.

"자작이 독에 중독되어 있단 말인가?"

"그렇지. 물론 해약은 나만 가지고 있고 말야."

"독을 쓰고 해약은 자네가 가지고 있다…… 그렇다고 풀지 못할까?"

알프레드가 이의를 제기했다.

"그 독은 보통 마법으로 되지 않지. 최소한 15기가의 최고 실력만이 풀 수 있지."

마법사가 자신만 아는 방법으로 독을 만들어 쓰면 여간해서는 손을 쓸 수가 없었다. 같은 레벨에서는 더욱 그렇고 최소한 몇 레벨은 높은 자만이 겨우 풀 수 있었다.

"더군다나 해약은 하루에 두 번씩 꼭 챙겨야 하네."

척스터가 자작에게 닥친 현실을 말해 주었다.

"으음!"

이번에는 알프레드가 곰곰이 생각에 잠겼다.

"어떤가?"

"별수없군."

알프레드는 척스터에게 웃음을 보였다.

"아니, 지금 저놈하고 협상을 한단 말입니까?"

맥슨이 어이없는 표정으로 우뚝 멈추었다.

"나쁜 놈이야."

나는 척스터를 노려보았다.

"맥슨, 다른 방법이 없잖아?"

알프레드가 어깨를 으쓱했다.

"방법이 아주 없는 것도 아니죠. 다만 저놈을 죽이고 나서요."

"무슨 방법?"

나는 솔깃해서 맥슨에게 다가갔다.

"여기!"

주먹으로 자신의 가슴을 꽝꽝 쳐대는 맥슨이 비장한 얼굴로 척스터를 노려보았다. 몇 년에 한 번 볼까 말까 한 덩치 큰 친구의 진지한 모습이었다.

"각오가 대단하군. 하지만 목숨이란 그리 쉽게 포기 못하는 거네."

척스터는 눈을 부릅뜨는 맥슨에게 충고했다.

"한 번 죽었던 몸이야. 또 한 번 죽는다고 달라지는 것은 없지."

"후후후, 그렇다면 기대해 보지."

맥슨의 각오가 강력하자 척스터가 한발 물러섰다.

"척스터, 죽을 준비나 해라!"

"후후후, 저승 세계에 같이 갈 길동무가 자네라면 심심하지는 않겠군."

척스터는 맥슨을 다시 한 번 훑어보았다. 죽어서 자신의 심장인 라이브 스톤을 꺼내어 자작을 살리겠다는 하는 우직하고 덩치만 커다란 맥슨을 조금은 달리 보는 듯했다.

"모두 그만 하지. 일단은 협상하기로 하지 않았나?"

알프레드가 맥슨과 척스터를 말렸다.

"누가 협상하자고 해요?"

맥슨이 끝까지 달라붙었다.

"그 친구 생각보다 고집이 세군."

"너 같은 놈이 큰일을 앞두고 있는 윌리암의 발목을 잡을 수는 없다. 그리고 아만다의 복수도 해야 하지."

"아만다가 누군가?"

척스터가 알프레드에게 답을 구하는 듯했다.

"자네가 몰살을 시킨 그린 족 중에 맥슨의 연인이 있었네."

"아하! 그렇군."

척스터는 이해가 된다는 듯 고개를 끄덕였다. 하지만 그의 표정과 행동, 그 어디에도 미안한 기색이 전혀 없었다.

"이제 와서 나한테 사과를 한다고 해도 네 죄가 사라지는 것은 아니야. 이번 일이 끝나고 기회가 된다면 너를 꼭 죽여 버릴 거야."

"나도 사과 같은 것에는 취미없네."

"뭐야?!"

의외로 당당한 척스터를 맥슨이 멍하니 바라보았다. 뻔뻔해도 저 정도면 저질의 몬스터를 능가하고도 남을 것이다.

"목적을 위해 죽여야 하는 놈들을 죽였을 뿐이야. 지금도 한 치의 미안한 마음은 없다."

"오크만도 못한 놈!"

맥슨이 주먹을 불끈 쥐었다

"우선은 우리의 협상에 대해서만 얘기하지."

척스터의 눈동자가 한 치의 흔들림도 없이 맥슨을 똑바로 쳐다보았다.

"맥슨, 그의 말이 옳다."

알프레드가 맥슨을 달랬다.

"옳긴 뭐가 옳아요?"

맥슨이 길길이 날뛰기 시작했다. 자신의 목숨을 주고라도 척스터를 없애겠다고 하는데 아무도 도와주지 않으니 답답한 것이다. 하지만 그는 자신이 우리에게 얼마나 필요한지를 모르고 있었다. 하지만 나는 덩치 큰 친구의 마음을 충분히 이해하고 있었다.

"맥슨……."

내가 조용히 친구의 이름을 부르며 그의 손을 잡았다. 나는 무슨 일이 있다고 해도 맥슨이 죽는 것을 볼 수는 없었다. 설령 자작이 잘못된다고 해도 마찬가지였다.

"윌리암!"

맥슨은 내 마음을 알았는지 입술을 꼭 다물었다.

"이제 우리 협상에 대해 말해 볼까?"

잠시 분위기가 가라앉자 척스터가 말을 꺼냈다.

"좋아! 협상 내용을 말해 보게."

알프레드가 우리를 대표해서 척스터와 대면했다. 여기까지 걸어오면서 둘이 말 상대로 호흡을 맞추었으니 협상 내용은 손쉽게 술술 풀려 나갔다.

"자작은 윌리암을 보면 나를 시켜 모든 설차를 정식으로 처리하라고 할 거야."

"윌리암이 자작의 양자이고, 그래서 모든 재산의 상속권자라는 사실 말인가?"

"모든 재산은 아니지만 거의 윌리암의 몫이 되겠지. 그리고 윌리암의 대리인으로 내가 선정되는 거지."

"상속 대리인은 누가 정하는데?"

"바로 윌리암이 나를 지목해 줘야지."

"으음!"

척스터가 나를 원하는 이유가 뭔지 확실했다. 내 재산의 상속 대리인이 된다면 자작이 죽더라도 사즈후튼가에서 그를 건들지는 못할 것이다. 그의 신상이나 재산상의 문제가 발생한다 해도 일단은 나를 거쳐야 되기 때문이었다. 다시 말하면 내가 그를 이곳에서 머물게 하는 방패였다.

"물론 문서로 남겨놓는 거겠지?"

"당연하지. 그래야 아무도 나를 건들지 못할 테니까."

내 생각이 맞고 있었다.

"으음!"

알프레드는 무엇을 알았는지 고개를 끄덕였다.

"윌리암이 상속자로 정해지면 우리는 이곳에서 떠나야겠군."

"그래야겠지."

여기 머물 수도 없는 입장이었지만 우리가 떠나야 척스터가 마음대로 설칠 수 있을 것이다. 더군다나 내 재산을 관리하는 대리인이니 다른 사람의 간섭을 받을 일도 없었다.

"우리가 떠나면 당신이 자작을 살려준다는 보장이 없잖아?"

맥슨은 기다렸다는 듯이 벌컥 한마디 했다.

"그렇다고 자네들이 여기 계속 머물 수도 없지 않은가?"

척스터가 맥슨에게 능청스럽게 되물었다.

"무작정 당신을 믿으라는 말이야?"

나도 참지 못했다. 이건 협상이 아니라 일방적인 조건 제시였다. 유순하게 생긴 부드러운 외모와는 다르게 척스터는 자신의 목적을 위해서는 너무 철저한 사람이었다.

"우리는 협상 중이니까 마음에 들지 않으면 지금이라도 포기하면 되지. 그 결과야 죽음뿐이겠지만."

"후후후, 그 배짱이 부럽군."

알프레드가 척스터를 존경하는 눈으로 바라보았다.

"고맙네."

척스터가 살짝 고개를 숙여 보였다.

"좋아! 우리가 협상에 응한다면 자네는 우리에게 뭘 주겠나?"

"자네들이 원하는 것은 자작의 목숨 아닌가?"

"그렇지."

"자네들이 협상에 응한다면 자작에게 해약을 주지. 물론 독을 완치하는 해약은 아니고 한 달에 한 번씩은 먹어야 하는 걸로 바꾸는 거야. 그래야 자네들이 나를 해치지 못할 테니까 말이야. 안 그런가?"

철두철미한 계획이었다.

"큰 스승님, 저놈을 어떻게 믿어요? 우리가 떠난 후에 자작을 죽여도 어쩔 수가 없잖아요. 충분히 그럴 놈이에요."

맥슨은 협상에 불만이 많았다.

"그것은 안심해도 된다."

알프레드가 맥슨을 달랬다.

"큰 스승님이 어떻게 알아요?"

"자작이 죽는 순간 칼마르 제국이 들썩일 테니까."

"후후후, 역시 자네는 보통이 아냐."

척스터가 엄지손가락을 치켜들며 알프레드를 치켜세웠다. 둘이 돌아가며 한 번씩 챙겨주고 있었다.

"하우제터스 자작은 헤라트가 아끼는 부하야. 집사 따위가 감히 자작의 죽음을 숨기고 다른 짓을 할 수야 없지. 그래서 윌리암이 더욱 필요한 거지."

"내 상속 대리인으로서 말이지?"

내가 아는 체를 했다.

"그것만이 자작이 죽더라도 여기서 자유로이 움직일 수 있는 조건이 되니까."

"그, 그런가?"

알프레드의 설명을 들은 맥슨이 쑥스러운 듯 물러섰다.

"이제 모두 된 거야?"

나는 대충 협상 안이 정리가 되자 알프레드를 쳐다보았다. 어차피 모든 결정은 그의 몫이었다. 그런데 알프레드의 대답이 나오기 전에 척스터가 처음보다는 더욱 신중한 모습으로 말을 꺼냈다.

"한 가지 협상 안이 더 있다."

"그 협상은 통하지 않아."

알프레드는 그 내용을 미리 짐작한 듯 좌우로 손을 흔들었다.

"후후후."

척스터는 대답 대신 음흉한 웃음을 흘렸다. 자신의 생각을 이미 읽고 있는 알프레드에게 놀란 마음을 보이지 않기 위해서였다.

"좋아. 그래도 한번 말해 보게."

"통하지 않는다며?"

"내 짐작이 틀릴 수도 있으니까 말야."

알프레드가 척스터의 대답을 재촉했다.

"자네가 짐작하고 있는 그대로지."

"하지만 자작을 죽인다면 자네도 우리에게 무사하지 못할 텐데?"

"우리는 지금 여러 가지 협상 안을 내놓는 중이잖아."

"그렇다면 두 번째는 정말 불가능한 일이군."

"나쁘지는 않을 텐데."

"우리가 자네를 살려주면서 협상하는 것은 자작을 살리려고 하는 거야. 그건 자네도 알기 때문에 해약을 내놓은 거 아닌가? 그런데 죽인다면 말이 안 되는 거지."

"자작이 가진 재산이면 윌리암이 하고 싶은 모든 걸 할 수 있지."

뻔뻔한 계략을 취미 정도로 실행하는 척스터는 이번에도 물러서지 않았다.

"역시 가증스러운 것은 자네를 따라갈 수가 없군."

자작에게 가면서 척스터와 대화를 나누던 알프레드가 처음으로 빈정거렸다. 우리는 첫 번째 협상 안으로 하기로 했다. 자작을 살리는 것이 목적인 우리에게는 당연한 선택이었다. 하지만 협상이 끝난 이후 알프레드는 입을 다물었다. 중요한 일을 계획할 때마다 보는 그의 버릇이었다.

"윌리암, 큰 스승님은 왜 저래?"

맥슨이 눈치를 채고 턱으로 알프레드를 가리켰다.

"버릇이잖아."

나는 퉁명스럽게 대답했다.

"돈이란 좋은 거지. 세상을 얻을 수도 있으니까 말야."

척스터가 우리 대화에 끼어들었다.

"큰 스승님은 당신 같지 않아."

맥슨이 인상을 썼다. 척스터가 내놓은 두 번째 협상 안은 모든 상속 절차가 끝나면 자작을 죽여 재산을 나누자는 것이었다.

"자신이 아닌 샤론 족을 위하는 거라면 다르지. 어차피 자작은 해라트의 부하가 아닌가?"

"우리 종족은 신의를 소중히 여겨!"

내가 척스터에게 달려들었다.

"도련님은 피 한 방울 안 섞이고도 자작님하고 많이 닮으셨군요."

어느새 척스터는 나를 다시 정중히 대하고 있었다.

"알프레드, 무슨 고민을 하는 거야?"

나는 들을 가치도 없는 척스터의 말 때문에 짜증이 나서 알프레드를 불렀다. 그러나 큰 스승은 건성으로 대답을 했다.

"응……."

"큰 스승님, 정말로 이놈의 조건을 생각하시는 것은 아니겠죠?"

맥슨이 혹시나 하는 생각으로 물었다.

"아니다."

알프레드는 귀찮은 듯 등을 돌렸다. 머리 속의 뭔가를 정리하긴 했어도 척스터의 말처럼 자작을 죽이고 재산을 나누는 일은 아닌 것 같았다.

"그럼 그렇지!"

맥슨은 의기양양하게 척스터를 바라보았다.

"사람의 마음은 모르는 거야."

척스터가 어깨를 들썩이며 앞으로 향했다.

"저놈이 끝까지 저러네?"

"맥슨님, 이제부터는 말을 조심해야 합니다."

"……?"

나는 어둠이 짙게 깔린 숲 속의 한곳에서 환한 빛이 쏟아져 나오는 것을 발견했다. 그곳이 자작이 사는 저택인 듯했다.

"우리의 협상을 잘 지켜주기 바랍니다."

척스터가 다시 한 번 주의를 주었다.

"흥! 당신이나 약속 잘 지켜!"

맥슨이 못마땅한 시선으로 척스터를 위아래로 훑어보았다.

"어서 들어가자!"

나는 저택이 눈에 들어오자 마음이 급해졌다.

"집은 좋군."

정원으로 들어서며 맥슨이 3층짜리 저택을 바라보며 중얼거렸다. 밖에서 바라본 자작의 집은 아치 형의 커다란 창문마다 빛이 흘러나왔다. 정원에도 주변을 밝혀주는 횃불들이 여기저기 놓여 있었고 그 빛이 일렁거리며 저택의 벽을 덮고 있는 담쟁이를 비추었다.

"윌리암, 아버지라고 불러야 한다."

저택을 들어서며 이번에는 알프레드가 나한테 주의를 주었다.

"알고 있어."

"그럼 들어가자."

우리는 척스터의 안내에 따라 저택 인으로 들어섰다. 순간 시야가 탁 트였다.

"와우!"

맥슨은 감탄사부터 내뱉었다. 맑은 종소리가 울리며 현관에 들어서자 3층 높이의 커다란 홀이 눈앞에 펼쳐지며 낮지만 절도있는 목소리가 우리를 제일 먼저 맞이했다. 두 줄로 늘어선 사람들이 깊게 허리를 숙이고 있었다. 한쪽은 남자들이, 반대쪽은 여자들이 까만 바탕의 깔끔한 옷을 입고 길게 늘어선 것이다.

"도련님, 어서 오십시오!"

"우와!"

두 번째 탄성도 맥슨의 몫이었다.

"윌리암 도련님, 이 집안에서 일하는 하인들입니다."

척스터가 사람들을 소개했다.

"그… 렇군요."

생전 이런 대접이 처음인 나는 어리둥절했다.

"이제 됐으니 모두 물러나라."

척스터가 하인들을 물리고 우리를 집 안의 중앙으로 데리고 갔다.

"정말 대단하군."

맥슨과 다툴 때만 빼면 감정 표현이 그리 크지 않은 알프레드도 입을 딱 벌렸다. 거대한 상들리에가 달려 있는 천장에는 유명 화가의 솜씨로 보이는 그림이 화려하게 수놓고 있었다. 그 넓은 천장을 가뜩 메우려면 무지 오랜 시간이 걸렸을 텐데 누구인지 대단한 노력을 했을 것이다.

"자작… 아니, 아버지는 어디에 계시지?"

"도련님, 이쪽으로 오시죠."

척스터가 우리 일행을 정중하게 안내했다. 그러나 나는 챙길 것부터 확인했다.

"해약은 준비했겠지?"

"걱정 마시죠."

홀(hall) 정면에는 부지런히 움직이는 하인들이 들락거리는 문이 네 개나 접혀 보였으며 그 양쪽의 구석에는 2층으로 올라가는 층계가 둥글게 놓여 있었다.

"발 밑을 조심해서 올라오시죠."

척스터가 층계에 발을 내디디며 우리에게 예의를 보였다.

"어라!"

제일 먼저 척스터를 따르던 맥슨이 뒤뚱했다. 층계에 깔린 양탄자가 너무 푹신해서 발이 쑥 빠지고 만 것이다.

"여기 있는 분들이 사즈후튼가의 조상들인가 보군."

층계를 오르는 벽에는 초상화들이 여러 개 걸려 있었다.

"그렇습니다."

척스터를 따라 층계의 끝까지 오르자 장식용으로 걸린 칼과 창이 가지런히 걸려 있는 하얀 벽이 보이고 그 중앙에 복도가 길게 놓여 있었다. 그 양쪽으로는 많은 방들이 가지런히 줄지어 보였다.

"여기는 손님들을 모시는 방입니다."

친절하게 방의 목적을 소개해 준 척스터가 우리를 데리고 간 곳은 복도의 끝이었다. 거기서도 오른쪽으로 돌아 한참을 꼬불꼬불 들어갔다.

"무지 복잡하군."

맥슨이 투덜거렸다.

"다 왔습니다."

자작이 머무는 방은 꼬불꼬불한 복도의 제일 구석에 있었다.

"여기에 아버지가 계신 거야?"

"그렇습니다. 들어가시죠."

척스터가 방문을 열어주었다.

"아버지……."

방은 희미한 촛불 하나만 겨우 어둠을 쫓고 있을 뿐 전체적으로 어두웠다.

"누구냐?"

내 목소리가 작아서인지 자작은 인기척만 느꼈나 보다. 방문자를 확인하는 자작의 목소리는 아프다는 것과는 다르게 여전히 우렁찼다.

"주인님, 척스터입니다."

문을 열어주었던 척스터가 재빨리 자작의 옆으로 다가갔다.

"무슨 일이냐?"

"윌리엄 공이 오셨습니다."

"누구?"

놀라는 목소리다.

"아드님이신 윌리엄 공이 오셨습니다."

"윌… 리엄이라고?"

"그렇습니다."

"죽었다던 내 아들 윌리엄이 왔단 말이냐?"

침대에 누워 있던 자작이 몸을 일으켰다. 척스터가 얼른 손을 넣어 자작의 움직임을 도와줬다. 혼자서는 몸을 가누지도 못하는 듯했다.

"정말 윌리엄이냐?"

"예, 아버지."

내가 달려가서 자작의 손을 잡았다.

"살아 있었구나."

"예."

자작은 너무 기쁜 나머지 목이 메이고 있었다. 나도 보고 싶은 마음은 줄곧 있었지만 그가 나를 대하는 얼굴에서는 더욱 절실한 정을 느낄 수 있었다. 사실 우리는 이번이 두 번째 만남이지만 첫 번째 만남에서도 그렇게 다정다감한 사이는 아니었다. 다만 자작이 나를 양자로 삼았다는 얘기를 듣고 좀 더 가까운 사람으로 인식하는 정도였다. 자작이 나한테 아버지의 정을 보인 것도 처음에는 라이브 스톤 때문이었을 것이다. 하지만 오늘 나를 바라보는 그의 눈빛에는 거짓이 없었다. 점점 우리는 가족으로서 인식을 해가는지도 몰랐다.

"그동안 어디 있었느냐?"

"그러니까……."

지나온 얘기를 어떻게 풀어야 할지 난감했다. 자작과 연락이 끊긴 것은 척스터의 계략에 빠져서 죽을 뻔했을 때부터였다. 협상을 맺은 상태여서 사실대로 말할 순 없었다.

"자작님, 오랜만에 뵙습니다."

알프레드가 난처한 순간에서 나를 건져 주었다.

"호기심 많던 알프레드인가?"

"하하하, 기억해 주시는군요."

"그런데 어찌 모습이 그렇지?"

"전 이미 죽은 사람입니다. 지금 모습은 영혼이죠."

"그럼 고스트란 말인가?"

"하하하, 비슷한 겁니다."

"으음!"

자작이 알프레드의 뒤에 우뚝 서 있는 맥슨에게 눈길을 돌렸다.

"안녕하셔."

눈이 마주친 맥슨이 억지로 인사를 했다.

"후후후, 자네는 아직도 나에게 감정이 남아 있나 보군."

그 모습이 우스운지 자작이 입가에 미소를 머금었다.

"감정 같은 거 없습니다."

맥슨은 고개를 돌리며 방 안을 둘러보았다.

"윌리암, 정식으로 인사해야지."

알프레드가 나에게 머리를 끄덕였다.

"정식으로?"

나는 알프레드가 말하는 의도를 알아채지 못했다.

"배운 걸 보여드려야지."

"아하!"

그때서야 잊고 있던 게 떠올랐다. 나는 얼른 자세를 바로하고 자작 앞에 섰다.

"아버지! 안녕하세요?"

나는 오른손을 가슴에 갖다 대며 허리를 깊숙이 숙였다. 그동안 몇 번이고 자작을 만나면 보여주고 싶었던 동작이었다.

"오호! 그런 인사법을 어디서 배웠냐?"

자작이 신기한 듯 바라보았다. 나하고 헤어지면서도 예의가 없다고 하던 그였으니 놀랄 만도 했다.

"알프레드에게 배웠습니다."

"하하하, 말투도 좋아졌구나."

"모두 아버지의 가르침 덕분에 배운 겁니다."

"하하하, 너를 보니 내가 기운이 나는구나."

자작은 웃음을 그치지 않았다.

"주인님, 말씀하신 거 준비할까요?"

맨 뒤쪽으로 물러나 있던 척스터가 조심스럽게 나섰다.

"자네가 알아서 하게."

자작은 나하고 얘기를 하느라고 정신이 없었다.

"무슨 준비입니까?"

알프레드가 모르는 척 물어보았다.

"아참! 내 정신 좀 봐라."

자작이 손으로 자신의 머리를 툭툭 쳤다.

"왜 그러시는데요?"

내가 멀뚱하게 자작을 쳐다보았다. 아무것도 모르는 것처럼 눈만 깜빡인 나는 긴장하기 시작했다. 드디어 척스터와 우리가 맺은 협상이 이루어지려 하고 있었다.

"윌리암, 그리고 내 아들의 친구들은 잘 듣거라."

나하고 한참 재미있게 말하던 자작이 근엄한 표정을 지었다.

"말씀하세요."

내가 작은 목소리로 자작의 말을 받았다.

"나는 보다시피 많이 다쳐서 몸도 제대로 가누질 못한다. 그리고 언제까지 살 수 있을지도 모르는 상태야. 그래서 말인데 사즈후튼가의 재산을 내 양자(養子)인 윌리암에게 모두 물려주려고 한다."

"그렇군요."

알프레드가 이해하는 척했다.

"여기 모든 사람들이 증인이 되었으면 좋겠다."

"원하시는 대로 하죠."

맥슨이 승낙했다. 모두가 이미 알고 있던 일들이라 길게 물어보는 것도, 의심스러워하는 눈빛도 없었다. 그냥 확인 절차 같은 거였다. 우리 중에 유일하게 협상을 모르는 자작도 이런 우리에게 별 의심을 하지 않았다.

"척스터."

"예, 주인님!"

"오늘은 너무 늦었고 윌리암도 피곤할 테니 그 절차는 내일 일찍 처리하도록 해."

"알겠습니다."

척스터는 서두르지 않았다. 그는 자작이 시키는 대로 아무 말 없이 따르고 있었다.

"그리고 손님들은 자리를 봐주게."

"이미 준비시켜 놨습니다."

"잘했군."

"이제 모두 쉬도록 해."

자작이 피곤한지 우리에게 그만 나가라는 신호를 했다. 그러자 척스터가 얼른 뛰어와 자작을 다시 침대에 눕혔다.

"저를 따라오시죠."

자신의 일을 척척 해내던 척스터가 앞장을 서서 자작의 방에서 나갔다.

"윌리암, 잠깐만."

"말씀하세요, 아버지."

"너랑 조금 더 얘기하면 안 되겠냐?"

"피곤하지 않으세요?"

"오랜만에 만난 아들하고 얘기하는데 피곤하긴. 그리고 너하고 하고 싶은 말이 너무 많다. 그동안 지내온 일도 그렇고 하이드랜드에 대해서도 궁금하고……."

"알겠습니다."

나는 자작의 방에 남기로 했다. 척스터가 불안한 눈매로 나를 쳐다보긴 했지만 더 이상의 행동은 하지 않았다.

"그럼 나부터 자러 갈게."

"나도 쉬어야겠다."

맥슨과 알프레드가 피곤한 기색을 하였다.

"따라오시죠."

척스터는 맥슨만을 데리고 방 밖으로 나갔다. 알프레드는 헤데지바의 거울이 쉼터였기에 나갈 필요가 없었다.

탁!

방문이 닫히고 두 사람이 빠져나간 공간은 매우 커다랗게 보였다.

"윌리암."

"예."

"건강해서 다행이구나."

"감사합니다."

"그동안 고생을 많이 했지?"

"저보다야……."

나는 자작의 힘없는 모습이 애처로워 차마 말을 잇지 못했다. 지금의 자작에게는 그린 족의 벌판에서 와이번과 싸우던 강한 기사의 모습은 없었다.

"그래도 살아서 너를 보니 좋을 뿐이다."

손만 겨우 움직이는 자작이 나를 달래려는 듯 밝게 웃었다.

"아버지……."

나는 바들바들 떨리는 자작의 손을 꼭 잡았다.

"윌리암, 지나온 얘기는 여기 며칠 머물면서 천천히 나누기로 하고 지금은 매우 시급한 게 있다."

"그게 무엇이죠?"

나는 자작의 갑작스러운 말에 긴장했다.

"아주 중요한 얘기니 우선 밖에 누가 없나 확인하고 오너라."

"알았어요."

짐작을 할 수는 없었지만 나는 자작의 지시에 따라 신속하게 방 밖을 살펴보았다. 다행스럽게도 사람의 그림자는 보이지 않았다.

"밖에는 아무도 없어요."

"그럼 내 곁으로 바짝 오너라."

"예."

나는 신중한 모습의 자작을 보며 조심스럽게 귀를 쫑긋 했다. 그때 우리 아닌 다른 목소리가 들렸다. 거울에 들어가 있던 알프레드였다.

"저는 사람이 아니니 들어도 되겠죠?"

"알프레드?"

아무리 큰 스승이라도 나와 자작의 비밀 얘기에 끼어드는 것이 못마땅했다. 하지만 당사자인 자작은 쾌히 승낙했다.

"좋을 대로 하게. 어쩌면 자네 도움도 필요할지 모르니까."

"감사합니다."

정중하게 인사한 알프레드가 내 옆에 섰다.

"말씀하세요."

어느 정도 자리가 잡히자 나는 더욱 바짝 자작에게 붙었다.

"잘 들어야 한다."

"걱정 마세요. 알프레드도 있으니까요."

"그럼 말하마."

입술에 침을 바른 자작은 나를 똑바로 바라보았다. 그러나 무엇을 망설이는지 말처럼 쉽게 입을 떼지 못했다.

"척스터 때문입니까?"

자작의 고민을 알고 짚어준 게 알프레드였다.

"역시 자네가 아는군."

"사실은 여기 오기 전에 척스터하고 협상을 했었죠."

알프레드는 아주 편한 자세로 쉽게 말하였다.

"그랬나?"

"예."

"나를 살리기 위해서 괜한 짓을 했군."

"아버지도 알고 계셨어요?"

나는 눈을 크게 떴다.

"후후후, 그렇게 됐구나."

자작이 나에게 하려 했던 중요한 얘기가 바로 이거라니 당황할 수밖에 없었다. 내일 모든 상속 절차가 진행되면서 시작되는 척스터와의 협상이 어찌 될지 궁금했다.

"그런 협상을 했군."

알프레드에게 대충 내용을 들은 자작이 입술을 깨물었다.

"저는 자작님이 알고 계실 거라고 믿었습니다. 아무리 많이 부상을 당해 움직이지 못할 정도라도 정신만 있다면 독약을 먹고 있다는 것쯤은 충분히 짐작할 수 있는 실력이 자작님한테는 있으니까요"

"잘 보았네."

"여기 오면서도 그 생각을 계속했습니다."

맥슨과 내가 투덜거렸던 알프레드의 고민의 정체를 이제야 알았다. 아무튼 우리보다 머리 쓰는 것은 몇 배 빠른 큰 스승이었다.

"처음에는 나도 크게 노했지만 모른 척하기로 했지. 내가 죽을까 봐 전전긍긍하던 척스터가 윌리암을 찾아다니는 것을 보고 때를 기다 렸지."

"그 때라는 게 오늘 온 거군요."

전에 배에서 척스터가 했던 말이 떠올랐다. 하우제터스 자작은 사 즈후튼가의 어떤 영주들보다도 영특한 사람이라고 했다.

"내일이면 모든 절차가 끝날 텐데 어찌하실 겁니까?"

알프레드가 직접 본론으로 들어갔다.

"그것보다 자네가 여기 오면서 계속 생각했다는 것이나 들어보세."

"제 생각으로도 마스터 기사의 실력이신 자작님이 비록 상처를 많 이 입었지만 점점 몸에 이상이 생긴다는 것쯤은 충분히 아셨을 테고, 그게 척스터가 직접 가져오는 식사에 들어 있는 독(毒) 때문이라는 것 은 너무 쉽게 보이는 거니까요."

"하하하, 척스터가 직접 식사를 가져오는 것도 아나?"

"독을 쓰려면 그 방법이 제일 안전하죠. 빈틈없는 척스터라도 꼼짝 못하는 자작님이 나중에 사실을 안다고 해도 크게 문제될 것은 없다 고 봤을 겁니다. 다른 사람하고는 전혀 접촉을 못하게 하면 되니까요. 청소나 침대 시트를 가는 허드렛일을 할 때는 옆에서 지키구요."

"전부 맞는 얘기네."

자작이 알프레드를 경이로운 눈빛으로 바라보았다. 그 모습을 보며 괜히 내가 자랑스러웠다. 어쨌든 대단한 큰 스승이었다.

"자작님!"

알프레드가 심각한 얼굴을 하였다.

"무엇인가?"

"후후후!"

"왜 그러지?"

굳은 얼굴을 하고 있던 알프레드가 느닷없이 웃음을 흘리자 자작이 궁금한 듯 물었다.

"자작님은 독에 중독되지 않으셨죠?"

"하하하."

잔뜩 긴장하고 있던 자작이 어이없는 웃음을 터뜨렸다.

"독이 든 음식인 것을 알고 먹을 사람은 없으니까요."

"아무튼 자네는 속일 수 없을 것 같군."

"칭찬으로 듣겠습니다."

"당연히 칭찬이야."

자작이 웃음을 멈추고 진심으로 말했다.

"감사합니다."

"하지만 모르고 먹었던 독약은 아직 풀리지 않았네. 그나마 독은 뺄고 해약만 챙기는 중이라 많이 좋아지기는 했지만 그래도 뼈 속 깊이 스며들었는지 잘 안 빠지는군."

자작은 말을 하며 겨우 손을 들어 손가락을 구부려 보았다. 그는 무엇인가 보여주려고 했지만 나는 이해하지 못했다.

"……?"

"내가 몬스터의 공격을 받고 만신창이가 되어 하반신 불구까지 됐지만 손가락은 움직일 수 있었지. 그런데 척스터가 갖다 주는 식사를 먹으면서 이 손가락에 마비가 오더군."

"그래서 아셨군요."

알프레드가 자신의 손가락을 접었다 폈다 해보았다.

"예전부터 의심을 하고 있었네."

"오래전부터 그런 모습이 보였나 보죠?"

"겉으로는 충성스러운 척스터였지만 어떤 목적에서인지 그는 자신의 사람들을 모으고 있었지. 내가 라이브 스톤을 찾으러 다니면서 집을 자주 비우자 그 움직임은 더욱 빠르게 추진되었네."

"이곳에 계시지도 않았으면서 척스터의 행동은 다 알고 있었군요."

"그는 내가 모르는 줄 알지만 집을 비운다고 모든 걸 그에게 맡길 정도로 책임없는 영주는 아니야. 내가 심어놓은 부하들이 정보를 계속 보내줘서 알았지."

"주도면밀하시군요."

"나도 그 말을 칭찬으로 듣겠네."

"하하하."

알프레드가 민망스러운지 큰 소리로 웃었다.

"척스터가 윌리암이 바다에서 사고로 죽었다고 했어도 나는 믿지 않았네. 그래서 라이브 스톤을 핑계로 윌리암을 찾으러 다녔지. 그러다가 남쪽 지방에서……."

더는 말하지 않았다. 자작에게 있어 그 일은 생각하고 싶지 않은 지나간 과거였다.

"그럼 내일 어떻했으면 좋겠습니까?"

알프레드가 진지하게 물었다.

"척스터를 없애게."

"그럼 아버지는 어떡해요?"

내가 놀란 표정으로 자작을 바라보았다.

"더 이상 독이 퍼지지 않고 있으니까 쉽게 죽지는 않을 것이다. 그리고 이제는 우리 아들을 보았으니 죽어도 여한이 없다."

자작이 나를 달랬다.

"일단은 내일 놈이 하는 대로 그냥 놔두었다가 자작님에게 해독약을 주면 그때 처치하도록 하자. 한 달 가량을 견딜 만한 해약이라면 꽤 효과가 좋을 것이다."

알프레드가 자신의 생각을 말했다.

"모든 절차를 끝내고 긴장이 풀린 척스터 놈이 혼자 있을 때 눈치채지 못하게 공격한다면 의외로 쉽게 처치할 수도 있겠지."

"하지만 놈의 실력도 보통이 아니라는 것은 아시죠?"

알프레드는 조심해야 하는 부분을 놓치지 않았다.

"우리가 꿈으로만 여기는 그레이트의 실력을 가졌다고 해도 라이브 스톤을 이기지는 못하지. 세상에 어떤 인간이 신의 뜻을 거역할 수 있겠는가?"

자작은 나를 만나고 한 번도 꺼내지 않았던 라이브 스톤의 존재를 끄집어냈다.

"맞습니다. 사람의 능력으로도 오르기 힘든 15기가의 실력도 신의 그것에 비하면 작은 산 위의 바위 정도죠."

"윌리엄."

"예."

"라이브 스톤은 네가 가지고 있겠지? 나는 척스터가 그 생명의 돌을 찾지 못했다고 했을 때 바다에서 실종된 너하고 같이 있을 거라고 믿었다."

자작은 확신을 가지고 말했다. 하지만 나는 주춤거렸다.

"그게……."

"맥슨이 품고 있습니다."

알프레드가 솔직하게 말했다.

"맥슨이?"

"그도 저와 함께 죽었었지만 라이브 스톤으로 다시 살아난 거죠."

"그렇다면 내일 문서를 조금 바꿔야겠군."

"맥슨에게도 재산을 상속하려고 하는군요?"

알프레드가 아는 체를 했다.

"라이브 스톤은 우리 집안의 신표이네."

"원래는 지고프라 집안의 신표였죠. 그 신표 때문에 척스터가……."

알프레드는 자작에게 척스터의 정체를 말해 주었다. 얘기를 듣는 자작의 얼굴이 딱딱하게 굳어갔다.

"라이브 스톤에 너무 집착하는 것을 보고 대충 짐작하고는 있었지만 그랬었군."

사즈후튼가의 집사인 척스터가 라이브 스톤을 찾으려고 하는 것은 당연할 수 있었지만 충성을 이유로 지나치게 집착했다고 했다.

"아무튼 맥슨에게도 많은 상속을 내려야겠다."

"조건은 나중에 라이브 스톤을 돌려주는 거겠죠?"

"맥슨이 나이가 들어 죽는다면 당연히 우리 집안에 돌려줘야지."

라이브 스톤은 영구적인 생명을 주는 돌은 아니었다. 살아 있는 동안은 천하무적의 대단한 능력을 보이지만 사람이 나이를 먹고 늙는 것까지는 막아주지 않았다. 자작은 그때가 되면 맥슨에게 라이브 스톤을 돌려 받으려고 하는 것이었다.

"척스터의 심복들은 얼마나 됩니까?"

알프레드는 벌써 세밀한 작전을 짜고 있었다.

"이 집안에 있는 하인들은 거의 그의 부하들일 거야. 내가 밖으로 다니는 동안 많은 하인들을 바꾸어났더군."

"그렇군요."

알프레드가 잠시 생각에 잠겼다.

"자네들이 척스터를 없앨 수 있겠는가?"

자작이 처음으로 걱정스런 표정을 지었다. 라이브 스톤의 능력을 절대적으로 믿던 그였지만 확신을 하지는 못하는 듯했다.

"순식간에 척스터만 없앨 수 있다면 나머지는 쉽게 제압할 수 있을 겁니다."

"그럼 척스터는 제일 강한 용사인 맥슨이 맡아야겠군. 라이브 스톤도 몸에 지니고 있으니까 척스터를 쉽게 제압할 수 있을 거야."

자작이 알프레드에게 의견을 구했다.

"좀 더 생각해 보겠습니다."

알프레드는 쉽게 대답하지 않았다.

"이제 모든 게 정리됐군."

"자작님, 좀 쉬십시오."

"그래, 말을 많이 했더니 피곤하군."

"아버지, 물러갈게요."

나는 자작의 양 볼에 굿 나잇 키스를 했다.

"알프레드, 맥슨에게도 자세히 설명해 주게."

"걱정하지 마시고 오늘은 푹 주무십시오."

"그럼 이제는 자네만 믿네."

자작은 어느새인가 알프레드를 신임하고 있었다.

"윌리암, 우리도 나가자."

"그래."

나와 알프레드가 방에서 나왔다. 그때 음산한 목소리가 한참을 기다렸다는 듯이 우리를 맞이했다.

"나오셨습니까?"

"척스터!"

갑자기 나타난 척스터를 본 나와 알프레드는 깜짝 놀랐다.

"방으로 모시려고 기다리고 있었습니다."

"고마워."

나는 척스터가 우리의 얘기를 들었을지도 모른다는 생각을 했다.

"얘기가 많이 길어졌군요."

"그동안 지내온 얘기를 하느라고."

"피곤할 텐데 주무시고 내일 하지 그랬습니까?"

척스터가 의심하고 있는 듯했다.

"너무 반가워서 시간 가는 줄을 몰랐어."

나는 변명 아닌 변명을 하면서 식은땀을 흘렸다.

"하기야 아버지라고 부르고는 처음이시니까 더욱 그랬을 겁니다."

"맞아."

"다른 얘기는 없었습니까?"

"무슨 얘기?"

"저에 대해서 말입니다."

척스터는 낮은 목소리로 나를 추궁하고 있었다.

"아, 아니……."

"그럼 제가 말씀드리죠."

"그래… 해봐."

나는 긴장했다. 우리 얘기를 들었다면 내일 계획은 지금 당장 무산될지도 모르는 일이었다.

"만일 도련님께서 저를 대리인으로 세울 때 주인님이 그 이유를 물으면 정확하게 대답해야 합니다. 그러지 못한다면 주인님이 쓸데없는 의심을 할 수도 있습니다."

"의심을 하다니?"

"충분히 그럴 수 있습니다."

척스터가 낮게 가라앉은 목소리로 빙빙 돌리듯 말하는 것을 보면 이미 우리 계획을 눈치 챈 것 같기도 했고 어떻게 보면 아직은 모르지만 의심을 하는 듯도 했다.

"아버지가 물으시면 뭐라 하지?"

"도련님은 샤론 족이라 외부에 나설 수 없으니까 가장 믿을 수 있는 저에게 모든 것을 맡기겠다고 하면 됩니다."

"알았어. 그렇게 대답하지."

나는 무조건 그렇게 하기로 하면서 척스터를 안심부터 시켰다.

"맥슨은 어디 있는기?"

그때까지 조용히 있던 알프레드는 덩치 큰 샤론의 용사를 찾았다.

"방에서 잘 자네."

"안내 좀 해주겠나?"

"푹 자고 있을 텐데 급하지 않으면 내일 만나도록 하지."

"급히 할 말이 있어서 그러네."

"나도 피곤해서 일찍 자려고 했더니 귀찮게 하는군."

척스터는 별로 내키지 않은 모습이었다.

"윌리암도 같이 가자."

"알았어."

알프레드도 자작 방 앞에서 우리를 기다리던 척스터가 마음에 걸리는 듯했다. 만일 그가 방에서 했던 우리의 얘기를 몰래 엿들었다면 우리와 맥슨이 떨어져 있는 현 상황에서 무슨 짓을 할지 모르는 일이기 때문이다.

"이 방이네."

척스터는 우리가 한 방에 모이는 것을 경계하는 눈치였다. 하지만 특별히 따지거나 이유를 묻지는 않았다.

"고맙네."

알프레드는 척스터의 시선에도 아랑곳없이 별일 아닌 것처럼 행동했다.

"도련님 방은 여기입니다."

다행히도 내 방은 맥슨 방 바로 옆이었다.

"알았어."

나는 대충 대답하며 맥슨 방의 문을 열었다.

끼이익!

오래도록 쓰지 않던 방인지 음산한 소리가 방까지 따라 들어왔다. 그러나 방 안에는 더욱 소란한 소리에 울려 퍼지고 있었다. 등만 대면 잠이 드는 맥슨의 코 고는 소리는 우렁찼다.

"맥슨을 깨울까?"

이미 맥슨을 흔들고 있던 내가 알프레드를 바라보았다.

"아니다. 그냥 여기서 자면 된다."

알프레드는 맥슨을 깨우고 있는 나에게 잠을 잘 것을 요구했다.

"급히 할 말 일이 있다며?"

"척스터를 떼어놓기 위해서 일부러 그런 거야."

"그렇구나."

나는 알프레드의 말에 그제야 잘 자리를 잡았다.

"잠을 자지 못할 것 같아."

"내일 일은 내일 처리하면 돼. 오늘은 일단 무조건 편하게 자는 거야."

자리에 눕긴 했지만 잠을 잔다는 게 그리 썩 마음에 들지는 않았다. 무슨 일이 벌어질지도 모르는 판국에 퍼질러서 잠만 잘 수는 없었다.

"나야 잠을 자지 않아도 되는 영혼이니까 너희들이 자는 동안 내가 지키고 있을게."

알프레드의 성화에 못 이겨 나도 이불을 끌어 가슴까지 덮었다. 세상에서 둘도 없이 마음 편한 곰탱이의 코 고는 소리가 더욱 커지고 있었다.

(5)

늦가을의 싸늘한 햇살은 여전히 반갑게 아침을 열고 있었다. 창틀이 촘촘히 무늬를 만들어 화려한 창문으로 쏟아져 들어오는 밝은 빛이 뿌옇게 방 안을 밝혔다. 그 빛에 눌려 눈을 찡그리며 억지로 잠을 떨구던 나는 두런두런거리는 말소리에 귀를 세웠다.

"자작도 다 알고 있었군요."

"우리에게는 너무 잘된 일이지."

언제 일어났는지 맥슨과 알프레드가 대화를 나누고 있었다. 알프레드가 맥슨에게 오늘 있을 계획을 말하는 듯했다.

"내 말 알았지?"

"걱정 마세요. 저는 가만히 있다가 나중에 놈을 해치울 때만 나서면 되잖아요."

"그렇지."

알프레드가 만족한 모습이다.

"벌써 일어난 거야?"

방금 잠을 깬 나는 눈을 비볐다.

"윌리암, 잘 잤어?"

"밤새 헤맬 줄 알았는데 생각보다 푹 잤어."

"다행이네."

맥슨이 내 머리를 쓰다듬었다.

"빨리들 준비해라."

우리는 알프레드의 지시에 따라 신속하게 움직였다. 방 안에는 씻을 수 있는 물과 새 옷도 몸에 맞게 준비되어 있었다.

똑! 똑! 똑!

깨끗이 씻고 새 옷도 갈아입고 어느 정도 나갈 준비가 끝났을 때쯤 노크 소리가 울렸다.

"들어와!"

내가 문에다 대고 소리쳤다. 그러자 맥슨이 묘한 표정으로 나를 바라보았다.

"맥슨, 왜 그래?"

"와우! 벌써 사즈후튼가의 도련님 같은데?"

맥슨이 나를 놀렸다.

"쓸데없는 소리 하지 마."

나는 맥슨을 무시하며 문을 열고 들어오는 척스터를 바라보았다.

"안녕히 주무셨습니까?"

"자작님이 우리를 부르시나?"

알프레드는 우리에게 눈짓을 했다.

"그렇습니다."

척스터는 완벽하게 우리를 대하고 있었다. 누가 봐도 깔끔하고 예의 바른 사즈후튼가의 집사였다.

"모두 가지."

"예."

우리는 척스터를 따라서 자작의 방으로 향했다. 그리 길지 않은 복도를 지나면서 손에는 벌써 땀이 배어 나왔다.

"들어가시죠."

방을 열어주는 척스터를 스치듯 지나 안으로 들어갔다.

"안녕히 주무셨어요."

내가 가볍게 뛰어가 자작의 손을 잡았다.

"우리 아들도 잘 잤냐?"

"아버지 덕분에 아주 푹 잤어요."

"맥슨도 잘 잤나?"

"저까지 챙겨주시니 감사합니다."

"하하하, 아들의 친구는 내 아들이기도 하지."

"생각해 주셔서 다시 한 번 감사드립니다."

척스터는 우리의 대화를 못마땅하게 쳐다보고 있었다.

"알프레드는 어떻게 자지?"

"하하하, 저는 영혼이라 잠을 자지 않습니다."

"그렇군."

자작은 매우 밝은 표정이었다.

"주인님, 가져올까요?"

척스터가 곁눈질로 우리를 살피며 자작의 지시를 기다렸다.

"그러지 어차피 해야 할 일이니까."

"알겠습니다."

잠시 후 척스터가 바퀴 달린 책상을 밀고 와서 자작의 침대와 가까운 곳에 자리를 잡았다. 그는 의자에 앉아 상속에 관한 내용을 문서로 작성하기 위해서 준비를 했다.

"척스터."

"예, 주인님."

"준비됐으면 전에 적어놓았던 내용을 윌리암에게 읽어주게."

"알겠습니다."

척스터는 두툼한 책장을 넘기기 시작했다. 아마 그게 상속에 관한 내용이 적힌 문서인 듯했다. 재산이 많아서인지 무지 두꺼운 책자였다.

"하우제터스 자작이 가지고 있는 재산 중……."

미리 써놓은 문서에는 눈에 띌 만큼 대단한 것은 없었다. 자작이 지닌 대부분의 재산을 나한테 준다는 일반적인 내용이었다.

"디 읽었나?"

"예, 주인님."

"그럼 몇 가지 정리해서 더 넣게."

"알겠습니다."

"우선 라이브 스톤에 관한 거네."

"……?"

척스터의 얼굴이 잠시 뻣뻣해졌다.

"윌리암의 말로는 그 돌이 맥슨의 몸속에 있다고 하더군. 그래서 내 재산의 일부를 그에게 주려고 하네. 물론 나중에 나이가 들어 죽었을 때에는 라이브 스톤을 돌려준다는 내용을 넣어야 하네."

"아, 알겠습니다."

자작이 맥슨에게 상속할 재산을 적으며 척스터는 생각지 못한 문제가 생겨서인지 경계하는 눈빛을 우리에게 보냈다. 그러나 알프레드가 걱정 말라는 신호를 턱으로 했다.

"다 적었나?"

"예."

"그럼 다음은⋯⋯."

자작은 일사천리로 일을 처리했다. 각 재산마다 내 이름이 적혀 있나를 확인하며 꼼꼼히 챙겼다. 그밖에 작은 거라도 지인(知人)들에게 남겨줄 것들은 형평에 맞춰 공평하게 나누어 주었다.

"주인님, 모두 끝났습니다."

"그래."

자작이 만족한 미소를 지었다.

"감사합니다."

나는 자작에게 고마움을 표시했다.

"아들아, 내가 샤론 족인 너에게 내 모든 것을 주는 것은 딱 한 가지 이유에서이다."

"말씀하세요."

"우선은 내가 너하고 약속했던 신의를 지키고, 그 다음은 가문의 보물인 라이브 스톤을 지키고 집안을 일으키라는 뜻이다."

자작이 나를 양자로 삼은 것도 라이브 스톤 때문이었다. 그것을 지키는 것이 사즈후튼가의 임무이고 명예를 지키는 일이었다.

"명심하겠습니다."

내가 입술을 꾹 다물며 의지를 보였다.

"맥슨도 내 마음을 알아주면 고맙겠다."

"저도 용사입니다. 자신의 나라나 가문을 지키려는 자작님을 이해합니다."

"고맙네."

자작은 맥슨에게 손을 억지로 들어 보였다.

"아버지."

내가 조심스럽게 자작을 불렀다.

"상속에 관해 하고 싶은 말 있어?"

"그렇습니다."

"무엇이지?"

"가문을 지키기 위해서 제 상속권의 대리인으로 척스터를 원합니다."

"척스터를?"

자작이 힘겹게 고개를 돌려 척스터를 바라보았다.

"저도 그렇게 하겠습니다."

맥슨도 나하고 뜻을 같이했다.

"으음!"

"자작님의 상속권자가 저주받은 종족인 샤론 족이라는 것이 알려지면 사즈후튼가는 이 땅에서 사라질지도 모릅니다."

알프레드가 보충 설명을 하며 끼어들었다.

"척스터, 자네 생각은 어떤가?"

"저야 주인님이 시키는 대로 할 뿐입니다."

"그럼 윌리암과 맥슨이 원하는 대로 해주게."

"알겠습니다."

문서를 최종적으로 작성하는 척스터의 입가에 비로소 미소가 걸렸다. 자신의 계획대로 모든 것이 돼가고 있으니 그 기쁨을 숨기려 해도 잘 안 되나 보다. 하기야 걱정했던 맥슨까지도 자신을 대리인으로 삼는다고 했다. 따라서 그에게는 크게 달라진 것이 없었다.

"모두 정리 됐으면 그만 나가보게."

"예, 주인님."

자작의 지시에 따라 척스터가 방에서 나가려고 했다.

"그리고 척스터."

문으로 걸어가던 척스터가 움찔 멈추어 섰다.

"말씀하십시오."

"다른 형제들에게는 아직 말하지 말게."

"알겠습니다."

자작에게는 형제가 몇 명 있다고 했다.

"그들을 이해시키려면 시간이 많이 걸릴 거야."

"동생 분들도 언젠가는 주인님의 뜻을 아실 겁니다."

척스터가 주인의 마음을 헤아려 주는 듯 말했다.

"그렇겠지."

"더 이상 지시하실 게 없으시면 나가보겠습니다."

"그러게."

척스터는 방에서 빨리 나가고 싶은 듯했다. 저 굳어 있는 얼굴을 풀고 혼자서 실컷 웃을 수 있는 장소가 필요할 것이다.

"나도 잠깐 나갔다 올게요."

내가 척스터의 뒤를 따라 방에서 나가려 했다.

"같이 가자!"

맥슨이 나하고 어깨를 나란히 했다.

"도련님, 어디 가시게요?"

나하고 맥슨이 자신의 뒤를 따라 방에서 나오자 척스터가 문을 닫으며 궁금한 듯 물어보았다.

"모든 게 끝났으니 약속을 지켜야지."

맥슨이 손을 내밀었다.

"무슨 말씀인지……."

척스터가 모르는 척했다.

"주위에 아무도 없으니까 그럴 필요 없어."

내가 팔짱을 끼며 척스터를 빤히 쳐다보았다.

"정말 모르겠군요."

"시치미 떼지 말고 어서 내놔!"

맥슨이 윽박질렀다.

"도대체 뭘……."

척스터의 능청스러운 언기 때문에 오히려 우리기 이상할 정도였다.

"해야 말이야!"

맥슨은 소리를 지르며 척스터의 멱살을 잡으려 했다.

"그런 거 모릅니다."

"어제 우리가 했던 협상을 모른단 말야? 내가 약속대로 해주면 자작님을 구할 해약을 준다고 했던 우리 약속을 어길 거냐고?!"

맥슨이 답답한지 소리를 한껏 올렸다.

"무슨 말인지도 모르지만 우리가 그런 협상을 했다는 증거가 있습니까?"

"아니… 이놈이……."

할 말이 없었다.

"도련님의 친구라도 무례한 행동은 용서하지 않겠습니다."

"정말 뻔뻔하군."

화가 나는 것을 넘어서 어이가 없을 뿐이었다.

"협상은 어긴 자가 그 손해를 물어야 하는데……."

"알프레드."

언제 나왔는지 큰 스승이 우리를 바라보고 있었다.

"무슨 일인가 따라나왔더니 집사님께서 곤란한 경우를 당하고 계시군."

"알프레드님이 조금 도와주시죠."

"하하하, 도와주시면 저한테 뭘 주실 거죠?"

"어제 말씀드린 걸 드리죠."

척스터가 의미있는 말을 했다.

"그건 안 된다고 했는데요. 저도 자작님이 얼른 건강을 되찾기를 바랍니다."

"안됐군요. 주인님은 보시다시피 오래 사실 수 없을 겁니다. 설령 목숨이 붙어 있다고 해도 죽은 거나 다름없죠."

"집사님이 가지신 걸 주면 자작님이 많이 좋아지실 겁니다."

"그런 건 처음부터 없었습니다."

"그 말은 저하고의 약속을 어기시겠다는 말씀이군요."

"저는 기억에 없는 일입니다."

"으음!"

알프레드는 할 말을 잃은 듯했다. 아무리 철면피라고 해도 저 정도면 거의 인간의 수준을 넘어 보였다.

"저는 그만 가보겠습니다."

"아니… 큰 스승님……."

척스터가 등을 돌리자 맥슨이 안절부절못하며 알프레드를 바라보았다.

"참!"

"……?"

복도를 빠져나가려던 척스터가 걸음을 멈췄다.

"충고 하나 하죠."

"충고?"

"도련님이라도 여기서는 경고망동하지 않으시는 게 좋습니다."

"협박하는 거야?"

나는 화가 머리끝까지 치밀었다. 그런데 갑자기 알프레드가 큰 소리로 웃었다.

"하하하!"

"지금 웃음이 나와요?"

맥슨이 눈을 치켜떴다.

"자네가 나보다 한 수 위였어."

"별말씀을."

"그렇다면 우리도 살기 위해서는 경고망동을 해야겠군."

알프레드가 입술을 지그시 눌렀다.

"분명히 주의는 드렸습니다."

척스터가 살짝 인사를 하더니 복도를 빠져나가려 했다. 그때 알프레드가 낮은 소리로 빠르게 지시했다.

"맥슨, 놈을 막아라!"

"예!"

맥슨이 달려나가며 척스터의 뒷덜미를 낚아채려고 했다.

"거기 서지 못해!"

"어딜?"

척스터가 몸을 낮게 숙이며 맥슨의 손을 피했다.

"제법이군."

먹이를 놓친 맥슨의 입이 일그러졌다.

"내 실력도 만만치는 않죠."

"이제는 그 쓰레기 같은 가면을 그만 벗지."

알프레드는 척스터를 조롱했다.

"모욕을 받으면 돌려주는 게 이곳의 법이죠. 그렇지 않으면 겁쟁이로 낙인찍혀 평생을 숨어 살아야 하니까요."

"이봐, 척스터."

"말씀하시지요."

전혀 흐트러지지 않는 척스터였다.

"자작도 자네가 한 짓을 알고 있네. 그리고 지고프라 가문의 유일한 후손이라는 사실도 이미 내가 말해 주었고."

알프레드가 정곡을 찔렀다.

"그런가?"

그때서야 척스터의 말투가 바뀌었다. 하지만 전혀 당황하지 않는 모습이었다.

"혹시 해약을 가지고 빠져나갈 생각은 하지 말게."

"해약 같은 것은 없다고 했잖아."

"그렇겠지. 윌리엄까지 죽일 계획이니까."

"당연한 수순 아닌가?"

알프레드와 척스터의 말에 의하면 자작을 살릴 해약은 처음부터 없었던 것 같았다. 그렇다면 우리는 척스터의 계략에 빠진 것이다.

"내가 그걸 깜빡했어. 자작하고 윌리엄이 다 죽으면 그 재산은 대리인에게 권리가 있다는 사실을 잊고 있었지."

"조금 일찍 알기는 했지만 시간적인 문제만 있을 뿐 결과는 마찬가지지."

"그러게. 자네와 우리의 만남을 이곳에서 마무리해야겠군."

"후후후."

척스터는 웃음을 보이며 벽에 장식품으로 걸려 있던 칼을 잡았다.

"이 저택의 누구도 너희를 돕지 않을 거야."

"우리도 바라지는 않네. 하지만 방법은 있지."

"할 수 있는 데까지 해보게."

선심 쓰듯 여유를 부리는 척스터가 칼을 휘둘러 허공을 간라보았다. 그리지 알프레드가 맥슨을 불렀나.

"맥슨!"

"예, 큰 스승님!"

"놈이 내려가지 못하게 충계를 막아라!"

알프레드는 척스터가 부하들을 부르지 못하게 했다.

"알겠습니다."

"그리고 혹시 소란한 소리를 듣고 아래서 올라오는 놈의 부하들도 네가 맡아야 한다."

"걱정하지 마십시오."

"윌리암!"

"엉."

"네가 척스터와 맞서 싸워라!"

"내가?"

나는 알프레드의 지시가 의아했다. 알프레드는 이런 중요한 싸움을 나에게 맡기는 경우는 없었다. 더군다나 맥슨은 라이브 스톤을 지니고 있기 때문에 척스터하고 싸우기에는 크게 무리가 없었는 데도 말이다.

"자네가 내 생각을 많이 해주는군."

척스터가 이죽거렸다.

"자네가 저 바닥에 누워서도 나한테 그렇게 말해 주면 좋을 텐데 죽은 사람은 입을 열지 못하니 안타깝군."

"후후후."

알프레드에게 무안을 당한 척스터가 쓴웃음을 지었다. 그 모습을 보던 알프레드가 내 이름을 강한 어조로 불렀다.

"윌리암."

"왜?"

"너는 샤론 족의 용사지?"

"물론이지."

나는 주먹을 불끈 쥐었다.

"그것도 위대한 용사 이슈빌님의 아들이지?"

"웅!"

"너에게는 샤론 족을 일으켜 세워야 하는 책임이 있다. 따라서 일반적인 용사가 되면 안 되는 것도 알지?"

．"웅!"

"그렇다면 저놈을 죽여서 진정으로 강한 용사가 되거라."

나는 알프레드의 의도를 알 수 있었다. 샤론의 아이들은 실전을 통해 용사가 된다. 보통 전쟁터에 나가 적군을 죽이면 그 아이는 용사로서 인정을 받는 것이다. 하지만 12기가의 마스터 실력을 가진 적을 죽이는 경우는 없었다. 큰 스승은 내 스스로 강하다는 것을 느끼게 하려는 것이다.

"나도 이제는 진정한 용사가 되겠어!"

"윌리암, 드디어 의식을 치르는구나."

당사자인 나보다 맥슨이 더 들떠 있었다.

"용사가 되려면 해야지."

"내가 응원하마!"

힘든 일이나 싸움은 언제나 맡아하던 맥슨이 이번만은 나서지 않았다. 오히려 내가 용사로 변신하는 것을 환영하는 것이다.

"알프레드, 거울 속으로……."

항상 느끼는 거지만 알프레드가 거울 속으로 들어가면 마법이 더 강해지는 것 같았다. 그러나 알프레드는 거울 속으로 들어가지 않았다.

"아니, 이번에는 순전히 네 힘으로 해봐라."

나는 순간 당황했다. 하지만 곧바로 싸울 차비를 해야 했다.

"마지막 인사들은 다 나눈 것 같은데?"

척스터가 서서히 자세를 잡고 나섰다.

"좋아. 덤벼라!"

"꼬마는 칼을 다루지 못하나?"

내가 '헤데지바의 거울'을 만지작거리자 척스터가 자세를 풀었다. 그는 나도 맥슨처럼 칼을 쓰는 줄 알았나 보다.

"나는 마법으로 할 거야."

내가 거울을 들이밀었다.

"그렇다면 나도 마법으로 하지."

척스터는 칼을 내던지며 손을 가슴에 모았다.

"먼저 덤비시지."

내가 호기를 부렸다.

"나도 그럴 생각이다."

말을 마친 척스터의 손으로 푸른 마나가 모이기 시작했다. 마스터의 실력을 지닌 그의 마나는 매우 새파란 빛을 띠고 있었다.

"윌리엄! 놈은 한 번에 끝내려고 할 것이다."

알프레드가 나에게 주의를 주었다.

"알고 있어."

나도 큰 스승의 생각과 마찬가지였다. 놈이 싸움을 피하며 시간을 끄는 이유는 소란스런 소리를 듣고 부하들이 도와주러 오는 것을 기다리는 것인데 복도 끝에 놓인 층계를 지키는 맥슨을 생각하면 별로 용이하지 못한 방법이었다. 따라서 놈은 자신보다 실력이 낮은 나를 빨리 해치우려 할 것이 틀림없었다.

"간다!"

손에만 모여 있던 푸른빛의 마나가 둥글게 퍼지며 척스터의 몸을 감싸자 그는 공격을 하기 시작했다. 나는 바짝 긴장했다.

"프로텍터!"

나는 무작정 방어벽부터 만들었다. 하지만 실력의 차이가 있는 내가 그의 공격을 제대로 막지는 못했다. 더군다나 알프레드도 들어 있지 않은 거울이었다.

"블리저드!"

설원의 거친 얼음 폭풍이 내 방어벽의 한쪽을 무너뜨리고 있었다.

"이런!"

하얀 서리가 서서히 방어벽 안으로 밀려 들어왔다. 한기(寒氣)가 코끝을 짓이겼다.

"으읍!"

내가 힘겹게 그의 공격을 막고 있는 모습을 알프레드와 맥슨이 불안한 표정으로 바라보고 있었다. 그때 척스터의 공격이 이어졌다.

"아이스맨!"

몰아치던 얼음 폭풍이 사람의 형태로 변해갔다. 마치 고스트 같은 거대한 얼음 인간이 내 방어벽 안으로 점점 들어오며 나를 공격해 왔다.

"위더피스트!"

아이스맨은 주인의 말을 충실히 잘 듣는 부하였다. 그 괴물은 거대한 주먹으로 나를 내려쳤다. 엄청난 충격이 온몸을 훑고 지나갔다. 그나마 겨우 버티고 있던 방어벽이 나를 지켜주고 있었다. 하지만 방어벽이 얼마나 견딜지는 알 수 없었다.

"으윽!

나는 입으로 신음 소리를 뱉으며 다급한 나머지 아무 마법이나 불렀다.

"파이어 불!"

"소용없다!"

척스터의 눈사람이 내가 부른 마법을 우습게 깨뜨렸다.

피시식!

거울에서 뻗어 나간 내 불덩이는 눈사람의 입 안으로 사라지고 말았다.

"으읍!"

나는 공격 한 번 제대로 못해 보고 계속 당하고 있었다. 척스터는 내가 호기를 부릴 만큼 만만한 상대가 아니었다. 그러나 지금 와서 후회해도 소용없었다.

"마지막이다!"

"으윽!"

눈사람의 손이 늘어나며 내 목을 잡았다.

"더 놀아주고 싶지만 시간이 없어서 이만 가야겠다."

척스터가 날아오며 눈사람 안으로 들어왔다. 그리고는 내 목을 감아쥔 눈사람의 손아귀에 주문을 불어넣었다.

"라이브림!"

눈사람의 손에서 엄청난 냉기가 쏟아져 나왔다. 놈은 나를 얼려 죽이려는 듯했다.

"으으윽!"

내 몸이 점점 굳어갔다.

"윌리암!"

맥슨이 내 위기를 보고 달려오려고 했다.

"자리를 지켜!"

알프레드가 맥슨을 저지했다.

"으으으……."

턱까지 떨리기 시작했다.

"윌리암, 기운을 내라!"

안타까운 표정의 알프레드가 나한테 해줄 수 있는 유일한 말이었다.

"파… 트리시어스!"

나는 겨우 반지를 불렀다. 그러나 아무런 반응도 없었다.

"잘 가라!"

눈사람 속에 묻혀 있는 척스터의 눈에서 광채가 흘렀다. 거대한 주먹 한 방이면 이미 얼어붙고 있는 나는 산산조각이 날 것이다.

"아니?"

순간 척스터가 잠시 멈칫하며 빈틈이 생겼다. 나는 기회를 놓치지 않았다.

"놈을 녹여 버려!"

거울은 내 마음대로 움직이는 마법 상자였다.

"으아악!"

눈사람이 녹으며 척스터가 뒤로 퉁기어 나갔다. 나는 고삐를 늦추지 않고 공격을 했다.

"브라스터 애 쉬!!"

거울에서 가느다란 빛이 발사됐다.

슈슈슉!

검은빛은 빠른 속도로 날아가 척스터의 가슴을 관통했다.

"커어억!"

척스터는 외마디 비명을 남긴 채 까만 재로 변하였다.

"해치웠다!"

나는 바닥에 주저앉았다.

"윌리암이 이겼다!"

맥슨이 주먹을 쥐고 머리 위로 흔들어서 나의 승리를 축하해 주었다.

"용사가 된 것을 축하한다."

알프레드가 내 곁으로 다가왔다.

"뭐가 뭔지 모르겠어."

나는 정신을 차리지 못하고 머리를 저었다.

"놈들이 몰려오는데요?"

맥슨이 층계 아래를 내려보며 소리쳤다.

"네가 알아서 처리해라!"

알프레드는 나한테만 신경 쓰며 맥슨에게는 건성으로 지시했다.

"알았습니다."

맥슨은 신이 나서 층계 아래로 내려갔다. 그리고 이내 크고 작은 비명 소리가 들려왔다.

"윌리암, 잘했다."

알프레드가 밝게 웃었다.

"뭐가 뭔지 모르겠어."

분명 내 몸이 얼어붙고 있었고 파트리시어스는 말을 듣지 않았다. 그런데 몸이 잠시 풀리며 척스터의 방심을 틈타 반격을 할 수 있었다.

"모두 파트리시어스 덕분이다."

옆에서 우리의 싸움을 처음부터 전부 보았던 알프레드가 내 손을 잡으며 파트리시어스를 쳐다보았다.

"반지는 아무 반응도 보이지 않았는데?"

"아니다."

"그럼 움직였단 말야?"

"척스터가 라이브림을 걸어서 너를 얼리려고 냉기를 뿜었을 때……."

"내가 반지를 불렀지."

"그래, 그때 너를 감싸던 냉기를 파트리시어스가 빨아들였어."

"정말?"

그제야 마지막 공격을 하려던 척스터가 놀랐던 이유를 알 수 있었다. 12기나 되는 자신의 능력을 한낱 아이에 불과한 내가 받아내리라고는 전혀 짐작도 못했을 테고, 그 불가능이 눈앞에서 이루어졌을 때에는 아무리 냉정한 철면피라 해도 놀라지 않을 수 없었을 것이다.

"척스터가 놀라면서 집중력이 흐트러졌을 때 네가 적절히 공격한 거지."

"그런 거였구나."

나는 싸움의 모든 것을 짐작할 수 있었다.

"파트리시어스는 주변 상황을 스스로 대처할 능력도 있는 것 같다."

알프레드가 반지의 새로 발견한 능력을 말해 주었다.

"그러게."

손가락을 쫙 펴고 나는 반지를 신기한 듯 바라보았다.

"두 가지 보물이 합작을 해서 너를 도운 거지."

"앞으로는 더 잘 모시고 다녀야겠다."

"아무튼 샤론의 용사가 된 것을 축하한다."

"맞아! 내가 드디어 용사가 됐지?"

나는 싸움의 여파로 그렇게 원하던 용사가 된 것도 잊고 있었다.

"좋으냐?"

"당연하지. 이제야 아버지에게 떳떳할 수 있잖아."

"그래, 아슈빌님도 기뻐하실 거다."

나는 저승 세계에서 보았던 머리가 없어 붕대를 감고 있던 아버지를 떠올렸다. 그러자 용사가 된 기쁨을 넘어서 복수심이 가슴에서 일렁거렸다.

"모두 해치웠습니다."

아래로 내려갔던 맥슨이 척스터의 부하들을 전부 평정하고 신이 나서 쿵쾅거리며 층계를 올라오고 있었다.

"수고했다."

알프레드가 미소로 맥슨을 맞이했다.

"몸이나 푼 건데 수고는 뭐."

칭찬받은 게 쑥스러운지 맥슨이 머리를 긁적였다.

"이제 자작님에게 가봐야지."

내가 몸을 털며 일어섰다.

"윌리암, 용사가 된 거 다시 한 번 축하한다."

맥슨이 나를 번쩍 들었다.

"고마워!"

"맨날 계집애 같고 어린애 같더니 어느새 용사가 된 거야?"

덩치 커다란 친구는 흐뭇한가 보다.

"계집애?"

내가 눈에 쌍심지를 돋았다.

"예전에 그랬다는 거지. 지금이야 위대한 샤론의 용사인데 누가 뭐라고 못하지."

"하하하."

맥슨이 엄살을 부리며 뒤로 빼는 모습을 보며 알프레드가 웃었다.

"얼어죽을 뻔은 했어도 생각보다 쉽게 끝났네."

"그러게 말이다."

알프레드가 웃음을 그치지 않고 나를 바라보았다.

"원래 일이란 게 큰 스승님처럼 계획 짜고 뭐 하고 하면 신경 쓰여서 더 못해. 나처럼 무작정 저지르는 게 더 좋을 수도 있는 거야."

맥슨은 자신의 스타일을 강조했다. 우직하고 단순한 그에게 계획 따위는 싸움을 하기 위한 장식품에 불과했다.

"뭐야?"

미소를 짓고 있던 알프레드가 발끈했다.

"윌리암, 자작에게 가보자."

큰 스승이 화내는 모습을 재미있다는 듯 살피던 맥슨이 딴청을 부렸다.

"그래서 지금까지 네놈이 저지른 일이 다 잘 풀렸나?"

그냥 넘어갈 알프레드가 아니었다.

"큰 스승님."

"왜?"

"오늘은 윌리암이 정식으로 샤론의 용사가 된 날인데 그만 하시죠."

맥슨이 점잖게 타이르듯 말을 했다.

"자기가 용사가 됐나? 거드름은……."

알프레드도 맥슨이 한 발 물러서자 꼬리를 내렸다.

"큰 스승님, 모든 게 잘 풀렸으니 내일쯤 이곳에서 떠나야겠죠?"

"그래야지."

"아만다가 잘 있는지 모르겠네."

맥슨이 사랑하는 사람의 안부를 걱정했다.

"별 연락 없는 걸 보니 모두 잘 있을 거다."

알프레드는 노노의 실력을 믿고 있었다. 만일 무슨 일이 생겼다면 그의 마법으로 소식을 전했을 것이다.

"그리고 큰 스승님."

"또 뭐냐?"

"어제는 척스터를 잡기 위한 계획이라고 해서 시키는 대로 재산을 상속받았는데 이제는 모든 게 끝났으니까 다시 물리면 안 될까 해서요."

맥슨이 자작의 방문 앞에서 심각한 표정을 지었다.

"왜 싫으냐?"

"그게 아니고 비록 라이브 스톤이라도 내 심장인데 여기 돌려준다는 게 영 개운치 않아서요. 그리고 자작이 헤라트의 부하라는 것도 마음에 안 들고요."

"아무 말 말고 이왕지사 이렇게 된 거 재산은 주는 대로 받고 나중에 라이브 스톤을 돌려주도록 해라."

"나는 별로인데……."

맥슨은 썩 내키지 않는 모양이다.

"하나만 묻자."

알프레드가 떨떠름한 표정으로 문 앞에서 서 있는 맥슨의 코앞으로 갔다.

"왜요?"

"네 생각에 너하고 윌리암 중에 누가 더 오래 살 것 같으냐?"

뚱딴지 같은 질문이었다. 그러나 맥슨은 숨도 쉬지 않고 대답했다.

"그거야 윌리암이죠. 나이도 그렇지만 우리 샤론 족을 위해서 윌리암이 해야 할 일이 많잖아요. 저야 전쟁 끝나면 별로 도울 일도 없을 텐데요 뭐."

"맥슨……."

나는 가슴이 뭉클했다.

"알기는 잘 아는구나."

알프레드가 고개를 끄덕였다.

"그런데 그건 왜요?"

"네가 먼저 죽으면 라이브 스톤을 윌리암에게 주면 되지. 하우제터스 자작의 계승자니까 사즈후튼가에 라이브 스톤을 돌려주는 거나 같잖아."

"듣고 보니 그렇네."

맥슨이 알프레드의 설명을 수긍했다.

"그리고 헤라트의 손아귀에 있는 이 대륙은 우리 샤론 족이 구할 테니까 그때는 자작도 헤라트의 부하가 아니라 우리 샤론 족과 친구가 되겠지."

"으음!"

맥슨은 고개를 끄덕이며 알프레드의 말을 깊게 음미했다.

"내 말이 어떠냐?"

"무조건 맞는 말이네요. 그러니까 자작에게 그냥 재산을 상속받으면 되는 거죠?"

"이제 알아들었으면 기분 좋게 받으라는 거야."

"알았어요."

"자작에게도 고맙다는 인사를 정식으로 잘하고."

"그럴게요."

조금 가라앉아 있던 맥슨의 얼굴이 활짝 펴졌다.

"이제 들어가자. 자작이 많이 걱정하고 있을 텐데."

"큰 스승님! 잠깐만요!"

내가 방문을 열려고 하자 맥슨이 또다시 우리를 제지했다.

"아직도 껄끄러운 게 남아 있냐?"

"그런 건 없는데……."

맥슨이 머리를 긁적거리며 말을 끝까지 꺼내지 못했다.

"그럼 뭐?"

"저한테 떨어지는 재산이 얼마죠?"

"어제 보니까 굉장히 넓은 땅이던데 아마 우리가 여기 도착했을 때 보았던 그 들판만큼은 될 거다."

"농부들이 곡식을 추수하던 들판이요?"

"그래."

맥슨의 입이 벌어지더니 다물어지지 않았다. 그 들판은 끝도 보이지 않았었다.

"전쟁이 끝나면 뭘 할까 고민했는데 여기 와서 아만다하고 평생을 놀면서 살아도 지장이 없겠구나."

"생각하고는……."

알프레드가 곱지 않은 시선을 보냈다.

"큰 스승님이 그랬잖아요, 난 곰탱이라 전쟁 끝나면 할 게 없다고."

맥슨이 곰 시늉을 내면서 한 바퀴 빙 돌았다. 그 모습이 얼마나 곰하고 닮았던지 내가 크게 웃으며 자작의 방문을 열었다.

"아버지, 다 끝났어요."

나는 방으로 들어서며 걱정스러운 표정으로 고개를 돌리고 문 쪽만 바라보고 있던 자작에게 달려갔다.

"밖에서 소란스럽더니 벌써 일이 끝났다고?"

자작은 놀랐다.

"생각보다 쉽게 처리했어요."

"그렇지 않아도 무슨 일인가 걱정했었는데 다행이구나."

"예."

"척스터는?"

"죽었어요. 그 부하들도 전부 처치했고요."

"정말 장하구나."

자작이 나를 칭찬했다. 그때 알프레드가 끼어들었다.

"모든 일이 무사히 처리됐으니 저희는 내일쯤 떠닐까 합니다."

"그렇게 일찍?"

"할 일이 많다 보니 어쩔 수가 없습니다. 대신 일이 끝나는 대로 찾아뵙겠습니다."

"하기야 샤론 족의 일 때문일 텐데 내가 말릴 수도 없지."

자작은 아쉬운 표정으로 나를 바라보았다.

"……."

나는 아무 말 없이 자작의 손을 잡았다.

"이해해 주셔서 감사합니다."

알프레드가 고개를 숙이자 자작이 밝게 웃었다.

"그리고 가기 전에 내가 선물을 하나 주지."

"무슨 선물이요?"

선물을 준다고 하자 맥슨이 제일 반겼다.

"맥슨, 미안하지만 침대 밑에 있는 칼을 꺼내주겠나? 머리 쪽으로……."

"그러죠."

신이 난 맥슨은 자작의 부탁이 떨어지기도 전에 침대 아래로 머리를 박았다. 용사로서 칼은 탐내는 물건이었다.

"이 칼은……."

잠시 후 칼을 찾아 일어서는 그의 표정은 들떠 있었다.

"볼케닉 소드다!"

맥슨의 손에 이끌려 나타난 거무스레한 볼품없는 칼은 바다에서 잃어버린 '로잔의 마검'이었다. 드워프들의 보물 중에 하나로서 불을 뿜는다는 볼케닉 소드를 바라보는 우리의 뇌리 속으로 지나온 일들이 주마등처럼 떠올랐다.

（6）

칼마르 제국의 심장부라고 말할 수 있는 수도 오베르슈돌츠는 아쿠아소룸에서 가장 발전한 도시다. 수많은 사람들이 거리를 가득 메우고 각양각색의 물건들이 산더미처럼 쌓여 있는 곳이다. 하늘로 길게 치솟은 뾰족 지붕이 몇 개씩 되는 화려한 건물도 많았으며 시장의 규모도 상상할 수 없을 정도로 컸다.

"입이 다물어지지 않네."

맥슨이 빙글빙글 사방을 둘러보며 감탄사를 연발했다.

"여러 도시를 다녀봤지만 정말 장관이구나."

너무 소심해서 겁이 많은 알프레드도 맥슨과 다를 것이 없었다. 다만 사람들의 눈을 피해 거울 속에서 중얼거릴 뿐이었다.

"알프레드, 언제까지 이러고 다녀야 해?"

내가 불평을 늘어놓았다.

"사람들의 눈을 피하려면 밤이나 돼야 내가 나갈 수 있으니 어쩔 수 없잖아."

거울 속의 알프레드를 위해서 나는 거울을 가슴에 달고 다녔다. 알프레드가 헤라트 성으로 가는 지리를 익혀야 한다고 이리저리 둘러보는 바람에 내 몸은 잠시도 가만히 있지 못했다. 가뜩이나 허리에는 볼케닉 소드까지 차고 있는 덕에 움직임이 많이 불편했다.

탁!

도시 구경에 정신이 없던 맥슨이 느닷없이 내 등을 소리나게 쳤다.

"윌리암!"

"왜?"

나는 인상을 쓰며 맥슨을 바라보았다.

"칼까지 허리에 차고 있는 폼이 이제는 정말 용사 같네."

내 마음도 모르는 채 맥슨이 신나서 떠들었다.

"너무 불편해."

"익숙해지면 괜찮다. 오히려 없으면 불편하지. 하하하."

혼자 신나서 떠드는 맥슨에게 나는 대꾸도 하지 않고 시선을 내 허리 쪽으로 돌렸다. 못생긴 칼 하나가 허리띠에 턱하니 꽂혀 있었다. 하우제터스 자작이 선물이라고 꺼냈던 것은 맥슨이 바다에서 잃어버린 볼케닉 소드였다. 자작은 난파된 배에서 건진 이 칼을 소중히 간직했다고 한다. 그 난리 속에서 살아난 한 선원이 볼케닉 소드를 차고 있던 맥슨을 보았다고 한 후로 혹시라도 만나면 돌려주려고 마음먹고 있었는데 다행히 우리를 만나 칼을 돌려줄 수 있어서 기쁘다며 밝게 웃던 자작이 떠올랐다. 그리고 칼의 주인이던 맥슨은 용사가 된 나에게 기념으로 이 칼을 선물했다. 드워프의 보물 세 개를 전부 내가 지니게 되는 순간이었다.

"이제 길은 얼추 살펴봤으니 헤라트의 성으로 가보자!"

알프레드가 원하는 만큼 돌아다녔나 보다. 이곳에 도착해서 거의 한나절을 제대로 먹지도 못하고 헤맸었다. 점심때부터 시작된 답사는 벌써 석양을 부르고 있었다.

"좋아요!"

헤라트의 성으로 가자는 말에 맥슨이 앞장을 섰다.

"이제 유람은 끝났어. 조심해야 한다."

"걱정 마세요."

"네놈은 너무 덤벙대서 탈이야."

"큰 스승님은 머리가 아플 정도로 소심해서 탈이죠."

"으그그."

둘의 말싸움이 다시 시작되는 동안 나는 거대한 드래곤처럼 다가오는 헤라트의 성을 바라보았다. 검은색 깃발들이 펄럭이는 기다란 지붕이 즐비한 성 어느 곳엔가 머물고 있을 엄마의 모습이 그려졌다.

"쉬잇!"

내가 아직도 말다툼 중이던 둘에게 주의를 주었다. 헤라트의 병사들이 우리를 스치고 지나갔다. 나는 얼른 옷고름을 바로하며 목에 걸고 있던 거울을 숨기었다.

"성 근처라 병사들이 많다."

잔뜩 무장한 병사들이 몇 명씩 짝을 지어 쉴 새 없이 돌아다니며 성을 지키고 있었다.

"정신 바짝 차리고 조심해야겠다."

맥슨이 긴장했다. 그러나 병사들은 우리를 거들떠보지도 않았다.

머리는 노란색이었지만 저주의 덫이 없어서인지 그들은 우리에게 별 관심이 없는 듯했다.

"성문을 지키는 병사가 몇 명이냐?"

내 옷 속에서 소리가 들렸다. 답답한 알프레드가 이것저것 물어보기 시작한 것이다.

"잠시만."

나는 좀 더 가까이 성으로 접근했다. 순간 맥슨이 내 손목을 잡았다.

"윌리암, 너무 다가가지 마라!"

"알았어."

최대한 다가간 나는 눈을 돌려 성을 지키는 병사들의 수를 헤아렸다. 대충 세어보니 열 명쯤 되어 보였다. 그들은 성으로 들어가는 사람들을 일일이 검문하고 있었다.

"알프레드, 10명쯤 되는데?"

"으음!"

알프레드가 잠시 생각에 빠진 듯했다.

"우리도 성으로 들어가 볼까?"

내가 호기를 부렸다.

"아니다. 일단은 숙소로 돌아가서 노노 일행을 기다리자."

"알았어."

성 앞에 있던 우리는 발길을 돌려 숙소로 향했다. 이곳에 도착하자마자 정한 숙소는 헤라트의 성이 잘 보이는 곳에 있었다. 그냥 흔히볼 수 있는 일반 집이었는데 빈방이 있다고 해서 얻은 곳이었다. 넓고깨끗한 방이 헤라트의 성이 보여야 하는 실질적인 목적과 함께 마음에 들었다.

"구경 잘 하셨습니까?"

숙소의 대문을 열고 들어서자 집 주인이 우리에게 다가왔다. 부스스한 머리와 검은 수염이 텁수룩하게 덮여 있는 뚱뚱한 남자는 매우 친절했다.

"덕분에 빼 먹지 않고 잘 보고 왔어요."

나는 집주인에게 가볍게 인사를 했다. 여기서 나가기 전에 그가 이곳의 지리를 가르쳐 주었다. 덕분에 우왕좌왕하지 않고 잘 다닌 것이다.

"그럼 쉬십시오."

"예."

우리는 2층으로 올라갔다. 창문 밖으로는 석양에 물든 헤라트의 성이 마치 훌륭한 그림처럼 선명하게 보이고 있었다.

"일단 눕고 보자!"

맥슨이 방에 들어서자마자 침대에 벌러덩 누웠다.

"나도 좀 쉬어야겠다. 알프레드도 답답했지?"

나는 맥슨 옆에 걸터앉으며 알프레드를 밖으로 불러냈다. 큰 스승은 나오자마자 크게 한숨부터 쉬었다.

"푸하~!!"

"영혼도 숨 쉬나?"

맥슨이 그 모습을 보며 한마디 했다.

"숨은 쉬지 않아도 답답한 것은 알아, 임마!"

"거기에 임마는 왜 들어가요? 그냥 숨 쉬는지 궁금해서 물어봤는데."

"그게 궁금해서 물어본 거야?"

알프레드가 숨을 쉬다 말고 발끈했다.

"좋을 대로 생각하세요."

맥슨이 알프레드가 서 있는 반대쪽으로 누웠다.

"또 싸우다니 둘은 피곤하지도 않아? 하기야 알프레드는 피곤한 것
도 모르겠지만."

"네놈이 그동안 왜 조용한가 했다."

알프레드의 뜨거운 불똥이 갑자기 나한테로 튀었다.

"내가 뭘?"

내가 어이없는 표정을 지었다.

"두 놈이 항상 나를 못살게 굴더니⋯⋯."

그때 방문을 두드리는 소리가 들렸다.

똑! 똑! 똑!

"누구세요?"

"손님이 찾아왔는데요."

문 밖에서 주인 아저씨가 조심스럽게 말했다.

"어서 열어줘라. 노노가 왔나 보다."

열을 내던 알프레드의 목소리가 침착해졌다.

"아만다!"

맥슨이 벌떡 일어나서 문을 열었다.

"잘 지냈어?"

"주인님!"

"건강하신 거죠?"

"그동안 어떻게 지냈어요?"

"보고 싶었어."

사람들이 정신없이 몰려 들어오며 떠들썩하게 말을 쏟아내자 정작 방 안에서 그들을 맞이하던 우리는 아무 말도 하지 못했다.

"모두 조용!"

알프레드가 소리를 질러 잠시 분위기를 정리했다.

"아만다……."

"맥슨……."

그 와중 속에서도 맥슨과 아만다는 두 손을 꼭 잡고 재회의 기쁨을 나누고 있었다. 하기야 나도 벌써 도로시와 손뼉을 치며 반가워하고 있는 중이다.

"노노, 별일은 없었지?"

알프레드는 우리 두 쌍을 못마땅하게 쳐다보고는 노노에게 다가 갔다.

"특별한 것은 없었고 씨에라가 다녀갔어."

"그래?"

"내가 먼저 트랜스 워드로 우리 위치를 알렸더니 왔더라고."

"뭐랬는데?"

"일주일 안으로 여기 도착한데."

"으음!"

알프레드가 턱을 쓰다듬었다.

"노노, 씨에라는 건강해?"

도로시에서 척스터를 물리치고 용사가 된 얘기를 해주던 나는 무심코 씨에라의 안부를 물었다.

"씨에라가 누군데?"

도로시의 말투가 갑자기 싸늘했다. 하지만 나는 그때까지 그녀의 변화를 전혀 눈치 못 채고 있었다.

"제크의 해적선에서 만난 여자 요정이야."

"예쁜가 보네?"

"그럼. 무지 예쁘지."

도로시가 내 손을 탁 뿌리친다.

"왜 그래?"

순간 나는 당황했다. 그런데 눈치없는 맥슨이 불에다가 화약을 던지고 말았다.

"도로시는 안 봐서 몰라. 씨에라가 윌리암을 얼마나 좋아했는데, 아주 둘이 한시도 떨어지질 않았지."

"맥슨!"

내가 그때서야 도로시가 왜 토라진 줄 알고 맥슨을 말렸지만 이미 많이 늦어 있었다.

"조만간 여기에 온다니까 윌리암은 좋겠구나?"

도로시가 삐죽거렸다.

"좋기만 하겠어? 날아가고 싶을 거다."

맥슨이 허공을 바라보며 뒷짐을 지었다. 이제 보니 그는 나에게 그동안 당한 것을 복수하고 있는 것이다.

"맥슨! 그냥 두지 않는다!"

나는 토라져서 한쪽 구석으로 자리를 옮기는 도로시를 달래며 맥슨을 노려보았다.

"하하하!"

"후후후!"

"호호호!"

사람들이 맥슨의 장난에 안절부절못하는 나를 보며 마음껏 웃었다.

"도로시……."

내가 도로시를 달래려고 구석 자리로 가보니 거기에는 삐친 여자가 하나 더 있었다. 어쩐지 조용하다 싶었더니 입이 한 주먹이나 나온 카리카가 서 있었다.

"카리카는 왜 그래?"

"……."

요정은 대답하지 않았다. 그녀는 덩치 커다란 주인을 노려보고 있었다.

"카리카……."

숨소리마저 거친 것이 언제 터질지 모르는 분위기였다.

"주인님!"

카랑카랑한 목소리가 맥슨을 공격한 것은 내가 도로시를 겨우 달래려고 할 때였다. 그동안 방 안의 분위기가 침침해진 상태라 여자의 날카로운 음성은 모두를 놀래키고도 남았다.

"카리카, 무슨 일이냐?"

당사자인 맥슨의 놀라움은 더욱 컸다.

"너무하신 거 아니에요?"

카리카의 목이 메이기 시작했다.

"뭐가?"

"아무리 주인님한테 아만다밖에 없다고는 하지만 어떻게 저는 아는 체도 안 하세요?"

"내가 언제……."

맥슨이 독기 서린 카리카의 눈빛에 주춤했다.

"우리가 들어오니까 아만다만 찾았잖아요."

"카리카야 사랑하는 노노하고 항상 같이 있었지만 아만다는 며칠 동안 혼자였잖아."

"그렇더라도 안부 정도는 물어봐야죠."

"내가 안부도 안 물었나?"

맥슨이 머리통을 긁적이며 주변을 둘러보았다. 그러나 아무도 그를 도와주지 않았다. 사실 맥슨은 카리카뿐만 아니라 다른 사람에게도 별로 신경 쓰지 않았던 것이다.

"호호호, 그건 맥슨이 잘못한 거야."

아만다가 웃으며 맥슨을 꾸짖었다.

"그런가?"

"으응."

사랑스런 눈으로 맥슨을 쳐다보던 아만다가 고개를 끄덕였다.

"하하하."

맥슨이 큰 소리로 웃으며 쑥스러운 분위기를 벗어나려고 했다. 종종 볼 수 있는 그의 특기였다.

"왜 웃어요?"

카리카가 눈을 흘기더니 등을 돌려 벽을 바라보았다.

"미안해서 그러지."

맥슨은 머리만 긁적이며 다른 사람들 눈치만 보았다.

"맥슨, 잠시만."

"왜?"

아만다가 카리카의 맥슨에게 작은 소리로 속삭였다.

"시키는 대로 해."

"알았어."

아만다에게 알지 못할 지시를 받은 맥슨이 카리카의 어깨에 손을 얹었다. 그리고는 귓속말을 했다.

"정말요?"

카리카의 얼굴이 갑자기 환하고 펴졌다.

"그렇다니까."

"아만다에게 내가 직접 물어봐도 돼요?"

"그럼!"

맥슨은 확신있게 고갯짓을 힘차게 했다.

"아만다."

카리카가 단숨에 아만다에게 달려갔다.

"말해, 카리카!"

"주인님이 그러는데⋯⋯."

"뭐라고?"

"내가 아만다보디 디 에쁘대."

카리카의 눈이 반짝였다. 그제야 나는 아만다가 맥슨에게 속삭였던 얘기를 짐작하게 했다. 철없는 여자 요정의 마음을 돌리는 데는 최고의 방법이었다.

"맞는 말이야. 나보다 카리카가 더 예쁘지."

아만다가 잔뜩 미소를 머금고 말했다. 너무나 아름다운 모습이었다.

"호호호."

카리카는 좋아서 어쩔 줄을 몰라 했다.

"그렇게 좋으냐?"

알프레드가 어이없는 표정으로 카리카를 바라보았다.

"노노!"

카리카가 이번에는 노노에게 달려갔다.

"왜?"

"노노가 보기에도 내가 아만다보다 더 예뻐?"

"글쎄……."

노노는 아만다의 눈치를 살폈다. 그러자 아만다가 살짝 고갯짓을 했다.

"예뻐, 안 예뻐?"

"예쁘지. 아마 세상에서 카리카가 제일 예쁠 거야."

마지못해 말하는 노노가 불쌍해 보였다. 하지만 내가 보더라도 아만다와 카리카의 미모는 거의 엇비슷했다. 누가 더 예쁘고 덜 예쁘고 하는 것은 보는 시각 차일 뿐이었다.

"부럽다."

옆에 있던 도로시가 두 여자를 번갈아 보고 있었다. 아직은 어려서인지 주근깨가 남아 있는 그녀를 나는 빙그레 쳐다보았다.

"도로시도 예뻐."

"피! 일부러 그럴 필요 없네."

도로시가 핀잔을 주며 내 말을 믿지는 않았지만 나는 진심이었다. 나한테는 정말 하나밖에 없는 예쁜 친구였다.

"모두들 그만 해!"

알프레드가 여자들의 미모 때문에 다시 어수선해진 방의 분위기를 바로잡았다. 그러나 뭐니 뭐니 해도 그의 마지막 말이 압권이었다.

"너희들이 예쁘다 어쩌다 해도 윌리암만큼은 아니니까 앞으로 그런 말은 절대로 꺼내지 마라."

"알프레드!"

도로시 옆에 앉아 있던 내가 벌떡 일어났다.

"나는 계집애 같다고는 안 했다."

"알프레드, 제발……!"

나는 얼굴이 빨개지며 얼른 도로시를 바라보았다. 다른 때 같았으면 벌써 달려가서 한바탕했을 텐데 도로시가 지켜보니 참을 수밖에 없었다. 그녀에게 어린애 같은 모습을 보이고 싶지는 않았다.

"그건 큰 스승님 말이 맞다."

카리카 때문에 난처했던 맥슨이 나한테서 결론을 지었다.

"후후후."

내 얼굴을 빤히 바라보던 노노가 웃으며 윙크를 했다.

"역시 예쁘네."

"남자인 윌리암하고 비교희는 게 어디 있어?"

아난다는 미소를 보였고 카리카는 입만 삐죽거렸다. 미모 싸움의 결말은 이상하게 나에게서 해답을 찾고 있었다. 나한테는 정말 죽기보다 싫은 칭찬이었다.

"알프레드."

분위기가 진정되자 노노가 알프레드를 심각하게 불렀다.

"무슨 일이라도 있나?"

"아무래도 철갑단이 성안에 머물고 있는 것 같아."

"정말로?"

알프레드가 깜짝 놀랐다.

"철갑단은 파이로텐 벌판에 있지 않아?"

맥슨이 얼른 노노에게 다가왔다.

"이 나라에서 금빛 갑옷을 입은 기사는 하멜뿐이야."

"하멜을 봤단 말인가?"

알프레드의 얼굴이 굳어졌다. 솔직히 헤라트를 상대하기도 벅찰지 모르는 일이었다. 그런데 마법 기사단인 철갑단까지 이곳에 머물고 있다니… 어려운 상황으로 흐르고 있었다.

"노노도 하멜을 알아?"

맥슨은 믿지 못하겠다는 말투였다. 아버지가 15년이나 이끌던 샤론 족을 한순간에 무너뜨린 철갑단의 위용은 대단한 것이다.

"나도 하이드랜드에서 봐서 알지. 싸움에 직접 참가하지는 않았지만 그 실력은 대단하더군. 래드 드래곤하고 막상막하였으니까 말야."

노노는 우리보다 철갑단에 대해서 더 많이 알고 있는 듯했다.

"놈들이 이곳에 온 이유가 뭐야?"

맥슨이 답답한지 방 안을 왔다 갔다 했다. 그 모습이 얼마나 진지한지 그동안 웃고 떠들고 했던 일행들이 모두 숨을 죽였다.

"좋은 일일 수도 있어."

노노가 철갑단의 존재 때문에 얼굴이 굳어 있는 알프레드를 달랬다.

"헤라트가 아직 모르고 있단 말이지?"

"그렇지. 놈은 자신의 첩자인 처크티만과 타갈로가 우리에게 잡힌 것을 모르고 있는 거지. 그러니 안심하고 철갑단을 이리로 부른 거야. 따라서 우리가 여기 일만 해결하면 전쟁도 쉽게 끝낼 수 있을지 몰라. 어찌 보면 좋은 기회지."

노노는 하이드랜드에 잡혀 있는 삼촌들의 이름을 들먹이며 알프레드의 얼굴이 풀리기를 기다려 말을 길게 뽑았다. 내가 봐도 조금은 무리한 생각 같았지만 아주 틀린 말은 아니었다. 그러나 큰 스승의 표정은 별다른 변화를 보이지 않았다.

"걱정이구나."

알프레드가 창밖에 그림처럼 보이는 헤라트의 성을 멍하니 바라보았다.

"노노 말대로 오히려 잘됐어요."

맥슨이 그 옆으로 다가가며 입술을 깨물었다.

"너무 벅차구나."

"큰 스승님! 너무 비관하실 거 없어요. 놈들을 한꺼번에 묶어서 아슈빌님의 복수를 할 수 있는 좋은 기회잖아요."

"그래도……."

"알프레드, 모든 게 리쿠스 신의 뜻이야."

내가 알프레드의 입버릇을 써먹지 그가 빙그레 웃었다.

"우리가 당한 만큼 돌려줄 겁니다."

맥슨이 의지를 다졌다.

"저기는 어디예요?"

우리의 대화를 조심스럽게 듣고 있던 카리카가 손가락으로 헤라트의 성 옆으로 멀리 보이는 원형 모양의 건물을 가리켰다.

"저곳이 바로 투르콜세움이야."

나는 죽어도 잊지 못할 원형 경기장을 바라보았다. 맥슨과 알프레드도 입술을 깨물고 있었다. 그곳은 우리 샤론 족에게 가장 치욕적인 장소였으며 내 개인적으로도 엄마의 손에 아버지가 죽은 원한의 사무친 곳이었다.

쿵!

묵직한 충격에 창문이 파르르 떨었다.

"다 돌려줄 겁니다."

맥슨이 벽을 때린 주먹을 더욱 꽉 쥐었다.

"자세한 계획은 알투 일행이 도착하면 얘기하도록 하자."

알프레드가 창가를 떠났다.

"그러고 보니 알투 소식이 궁금하네."

나는 노노를 바라보았다. 알투의 아버지인 알프레드는 별로 관심이 없는지 신경을 쓰지 않았다. 의연한 건지 아직 정이 없는 건지 분간이 가지 않았다.

"씨에라 말로는 윌리암만큼 컸다는구나."

"그럼 나하고 친구해도 되겠네."

"하하하, 일주일 후에 보면 형이라고 해야 할걸?"

"그런가?"

인어의 피를 받고 태어난 알투는 무럭무럭 크고 있었다.

"오늘은 모든 걸 잠시 잊고 우리의 재회나 축하하자."

한동안 그늘이 보였던 알프레드가 얼굴을 풀며 일행들을 다독거렸다.

"그래요."

카리카가 제일 먼저 분위기를 풀고 반겼다.

"술과 음식은 주인에게 부탁하자."

"내가 가서 말할게요."

아만다가 자신의 일을 찾은 듯 얼른 문을 열고 나갔다.

"같이 가!"

우두커니 서서 창밖을 노려보던 맥슨이 서둘러 아만다의 뒤를 따라 나갔다. 심각한 것하고는 전혀 어울리지 않는 덩치 큰 친구였다.

"나는 뭐 하지?"

도로시가 눈을 반짝였다.

"우리는 탁자 위를 치우고 파티를 준비하자."

나는 도로시의 손을 잡아끌었다.

"윌리암, 잠깐만."

도로시는 잠시 방구석으로 갔다.

"아빠!"

"도로시……."

나는 어두운 방구석에서 우리가 잊고 있던 한 남자를 발견했다. 있는지 없는지도 모르게 방으로 들어와서 사람들의 눈에 제일 띄지 않는 자리에 숨어 있던 가메로였다.

"아빠, 같이 해요."

"……."

나는 아무 말 없이 바라만 보았다. 사실 가메로가 완전 바뀌었다고 해도 나는 그를 좋게 볼 수 없었다. 만일 파트리시어스로 묶여 있는 마법이 풀린다고 해도 그가 지금처럼 도로시의 말을 고분고분 들을지도 의심스러웠다.

"그냥 여기 있을게."

가메로는 도로시의 손을 살짝 슬쩍 뿌리치며 그 자리에 앉았다.

"알았어요. 그럼 편히 쉬고 있어요."

도로시는 가메로를 다시 살펴보고 나한테로 왔다.

"빨리 준비하자."

"그래."

"나도 같이 해야지."

카리카가 청소하는 데 끼었다.

"좋았어."

우리는 탁자 치우는 것을 시작으로 해서 파티를 할 수 있도록 열심히 방을 치우기 시작했다. 알프레드와 잠시 속삭이던 노노가 와서 도와줬다. 그러자 의외로 청소가 금세 끝났다. 아무래도 노노가 보이지 않게 마법을 쓴 것 같았다.

"음식 가지고 왔어요."

아래층으로 내려갔던 아만다가 올라왔다. 그녀의 손에는 음식이 하나 가득 들어 있는 바구니가 들려 있었다.

"술도 있다!"

아만다의 뒤를 따라 들어오던 맥슨이 술병을 흔들었다.

"맥슨은 술 안 마시잖아?"

내가 의아하게 쳐다보았다. 샤론 족의 파티 때도 술은 마시지 않던 맥슨이었다.

"내가 아무리 술을 마시지 않아도 오늘은 특별한 날인데 술이 있어야지. 그리고 이건 포도주라 괜찮아."

"주인님, 오늘이 무슨 날인데요?"

카리카가 짐작이 안 가는지 궁금해했다.

"오늘은 우리가 다시 만난 날이기도 하지만 윌리암이 용사가 된 것을 축하하는 날이기도 하지. 아주 멋지게 샤론의 용사가 됐지."

"고마워, 맥슨."

덜렁거리기 일쑤인 맥슨이 그래도 나를 챙겨주는 것을 보니 너무 고마웠다.

"윌리암, 용사가 되었다니 축하해."

"나도 축하해."

"그런데 어떻게 용사가 된 건데?"

"아무튼 축하해."

무슨 말인지도 모르고 사람들이 우르르 축하를 해주었다.

"자, 자! 어서 음식을 차리고 자리에 앉자."

맛있는 음식이 있어도 먹지 못하는 알프레드가 제일 먼저 챙겼다. 우리는 신속하게 준비된 자리에 가서 앉았다. 아만다의 바구니에서 꺼낸 여러 음식들이 탁자 위로 즐비하게 놓이자 맥슨이 들고 있던 술을 우리들 자리 앞에 놓여진 술잔에 조금씩 부었다. 빨간색 포도주로 창밖에 보이는 타오르듯 하루의 마지막 불꽃을 태우는 석양이 물들었다.

"전부 앞에 있는 잔을 들어."

술을 전부 따른 맥슨이 소리쳤다.

"너무 좋다."

카리카가 들떠 있었다. 그녀는 지하 세계를 나온 이후 파티라는 것에 처음 참석한 것이다.

"샤론의 용사로 거듭나는 윌리암을 위해서 건배!"

맥슨이 선창하자 사람들이 따라했다.

"위하여!"

"위하여!"

모두 쉬지 않고 술잔을 비웠다.

"맛있다!"

"다음은 누가 할래?"

맥슨이 술통을 흔들었다.

"주인님, 이번에는 내가 할게요."

카리카가 얼른 일어나서 맥슨의 술병을 낚아채듯 이어 받았다. 그녀는 우리의 빈 잔마다 포도주를 가득 부었다.

"나와 노노의 사랑을 위하여!"

"……."

사람들이 잠시 멍하니 카리카를 바라보았다. 그녀가 혼자서 홀짝거리며 술잔을 비우고 있었지만 아무도 따라하지 않았다. 그 분위기가 어색하자 노노가 일어나 다시 선창했다.

"모든 연인들의 사랑을 위하여, 건배!"

"위하여!"

"위하여!"

벌써 두 잔째 술이 들어가자 나의 얼굴로 신호가 왔다. 뜨거운 기운이 화끈거리며 가슴이 답답해졌다. 하지만 기분만은 최고였다.

"윌리암도 한번 해라!"

알프레드가 나에게 손짓을 했다.

"좋아!"

나는 카리카에게 술병을 받아서 비어 있는 술잔에 세 번째 술을 가득 채웠다. 분위기는 무르익고 있었다. 지금까지 지내오면서 이렇듯 흥겨운 적은 별로 없었을 것이다. 어쩌면 큰일을 치르기 전에 의식 같은 것일 수도 있었다. 어쩌면 마지막이 될지도 모르는 파티였다.

"이 대륙의 평화와 자유를 되찾기 위하여!"

내가 선창하자 맥슨이 자리에서 일어났다.

"아슈빌님과 샤론 족의 복수를!"

"헤라트를 지옥으로 보내기 위하여!"

다음은 알프레드가 비장한 목소리로 나섰다.

"위하여!"

"위하여!"

사람들은 세 번째 잔도 거뜬하게 비웠다.

"저어……."

술이 마시던 우리는 낯선 이방인의 목소리에 시선을 모두 문 쪽을 몰았다. 뚱뚱한 몸매의 주인이 불안한 표정으로 서 있었다.

"무슨 일이시죠?"

문 가에 앉아 있던 아만다가 주인을 맞이했다.

"이 음식 좀 더 드시라고요."

주인은 칠면조를 구워서 가지고 올라왔었던 것이다.

"감사합니다."

아만다는 바구니를 받아 식탁으로 가져왔다.

"맛있겠는데."

맥슨이 손바닥을 비비며 군침을 흘렸다.

"아저씨도 여기 와서 술 한잔 드시죠?"

노노가 주인 아저씨에게 인사치레로 말을 건넸다.

"아, 아닙니다. 저는 일이 있어서……."

주인은 안절부절못하고 방에서 나갔다. 순간 알프레드의 눈빛이 싸늘하게 변하였다.

"맥슨, 주인을 따라가 봐라!"

"왜요? 음식이 더 필요하세요?"

"아니야. 몰래 내려가서 주인이 어디를 가나 확인해 봐."

"알았어요."

맥슨은 의외로 불평 한마디 없이 층계 아래로 내려갔다. 그러나 얼마 지나지 않아 맥슨이 천천히 올라왔다.

"주인은?"

알프레드가 물었다.

"나가던데요."

"어디로 가는지 확인하라니까."

"옆집으로 들어갔어요."

"으음!"

알프레드가 고개를 주억거렸다.

"심심하니까 놀러 간 거겠죠."

맥슨은 별일 아니라는 표정이다.

"알았어. 그래도 혹시 모르니까 내가 다녀오마."

알프레드의 돌발적인 행동으로 파티가 잠시 멈추었다.

"큰 스승님은 너무 민감하다니까."

맥슨은 알프레드가 나가자 한마디 했다.

"파티가 끝난 거예요?"

카리카가 주인인 맥슨의 눈치를 살폈다.

"끝나긴, 이제 시작인데."

"그럼 내가 건배 한번 더 할게요."

"카리카, 이번에는 뭘 선창으로 건배하게?"

노노가 불안한가 보다.

"우리 둘 사이에서 태어날 아가를 위해서."

"하하하."

억지웃음으로 주위의 곱지 않은 시선을 무마하려는 노노의 행동이 어색했다.

"호호호, 카리카는 노노를 정말 사랑하나 보네."

아만다가 입을 막고 웃었다.

"너무 사랑해서 탈이지."

맥슨이 턱을 쓰다듬으며 눈짓을 주었다.

"그럼, 우리는 적당히 사랑하는 거네?"

"아차!"

아만다가 눈을 흘기자 맥슨이 자신의 입을 막았다.

"흥!"

"그게 아니고 아만다……."

맥슨이 삐친 척하는 아만다를 달래느라 애쓰는 모습이 행복해 보였다.

"우리도 사랑해 볼까?"

내가 은근슬쩍 도로시에게 물었다.

"호호호."

도로시가 대답 대신 웃기만 했다.

"왜 웃어?"

"윌리암은 사랑이 뭔지 알아?"

"만나면 헤어지기 싫고 손 잡으면 가슴이 쿵쾅대고……."

이리저리 둘러댔지만 경험없는 내가 말하기에는 너무 힘든 사랑이었다.

"호호호."

"윌리암도 잘 모르네."

"하하하."

우리들은 서로의 사랑 얘기로 저녁 시간을 꽃 피우고 있었다. 그때 밖에 나갔던 알프레드가 사색이 돼서 방으로 들어왔다.

"모두 피해라!"

알프레드의 불길한 외침을 우리는 전혀 이해하지 못하고 있었다.

(7)

꽝!

문이 반쪽으로 갈라졌다.

"누구냐?"

우리는 모두 놀라 싸울 준비를 했다.

쨍그랑!

창문으로 흑기사들이 까만 말을 타고 밀려 들어왔다.

"철갑단이다!"

"모두 조심해!"

맥슨이 소리를 지르며 칼을 뽑았다. 그러나 방문을 반으로 가르고 불쑥 들어온 사내가 숨 돌릴 틈도 손을 뻗으며 마법을 주문했다.

"페럴라이즈!"

사내는 투구와 갑옷이 모두 횡금색이있다.

"하멜?"

맥슨이 상대를 알아보고 힘을 써보려고 했지만 그의 몸은 이미 굳어 있었다. 노노도, 카리카도, 나도 모두 하멜의 마법으로 힘을 제압당하고 말았다. 순식간에 일어난 일이라 아무도 대항해 보지 못하고 잡힌 것이다.

"샤론 족들, 오랜만이군."

"치사한 놈, 급습을 하다니!"

나는 하멜에게 달려들려고 했다. 하지만 꼼짝할 수가 없었다.

"천천히 웃으며 들어왔어도 너희들은 나한테 안 된다. 다만 시간을 아끼려고 빠른 방법을 사용한 거지."

"나하고 겨루자!"

맥슨은 움직이지 않는 몸을 억지로 흔들며 용을 썼다.

"그동안 인원이 늘었군."

하멜은 맥슨을 무시하며 샤론 족이 아닌 일행들을 쭉 훑어보았다.

"나하고 싸워보자고!"

무시당한 맥슨이 소리를 고래고래 질렀다.

"오크보다 못한 샤론 족하고는 싸우지 않는다. 다만 사냥할 뿐이지."

"그럼 나하고는 어때?"

카리카가 눈을 반짝이며 하멜을 바라보았다.

"못생긴 여자하고는 싸우지 않는다."

"뭐야?"

"거울도 안 보나 보군."

"이, 이놈아……!"

이번에는 카리카가 소리를 질렀다.

"역시 하멜은 대단한 실력을 지녔군. 한 명도 아니고 서너 명을, 그 것도 제법 한다는 실력을 가진 우리를 한꺼번에 마법으로 묶어버리다 니… 12기가가 훨씬 넘는 실력이군."

노노가 하멜을 지그시 쳐다보았다.

"으응?"

하멜은 노노의 눈빛을 보며 고개를 갸우뚱했다.

"나를 아나?"

"드래코니안은 하이드랜드에만 있어야 될 텐데?"

"하하하, 안목도 대단하군."

"하이드랜드에 무슨 일이라도 있나?"

100년 넘게 전쟁을 치르면서 드래코니안이 섬에서 대륙으로 나온 것은 처음이었다. 투구에 가려 보이지는 않았지만 하멜도 놀라고 있었다.

"세상 유람 나온 거니 너무 신경 쓰시 마라."

"후후후, 자세한 것은 헤라트님 앞에서 밝혀지겠지."

하멜이 흑기사들에게 고갯짓을 했다. 그러자 철갑단의 기사들이 우리들을 밧줄로 묶었다.

"월리암."

"왜 그러지?"

나는 하멜이 다정히 부르는 것이 역겨웠다.

"일행 중에 늙은이 한 명이 없구나."

그러고 보니 알프레드는 보이지 않았다. 이럴 땐 죽어서 영혼이 되는 것도 괜찮은 것 같았다. 지금쯤 어디 숨어서 우리가 잡혀가는 것을 지켜보고 있을 것이다.

"죽었다."

"가만……."

하멜이 천천히 맥슨 앞으로 갔다.

"오냐! 어서 와서 나하고 한번 붙어보자!"

맥슨은 하멜이 다가오자 다시 악을 썼다.

"이놈도 파이로텐 벌판에서 죽은 걸로 아는데?"

하멜은 여전히 맥슨을 무시했다. 그는 예전에 파이로텐 벌판에서 자기의 부하들에게 죽었던 알프레드와 맥슨이 생각해 냈다.

"운이 좋아 아직 살았으니 이렇게 보는 거지."

다행스럽게도 맥슨은 라이브 스톤의 얘기를 하지 않았다.

"으음! 그렇군."

하멜은 별거 아니라는 듯 우리 일행을 다시 훑어보았다.

"아가씨는 누구지?"

"아만다예요."

"그린 족인가?"

"예."

아만다가 흐트러지지 않고 또박또박 대답했다.

"예쁘구나."

감정이 전혀 없는 목소리였지만 하멜은 아만다의 미모에 감탄하고 있었다.

"여자들은 놓아주지."

노노가 정중하게 부탁을 했다.

"반역자에게 남자 여자의 구분은 없지."

"그럼 편하게 모셔주면 고맙겠군."

"반역자는 일단 사람에서 제외된다."

하멜은 아무것도 들어주지 않았다.

"누가 이놈들을 신고했지?"

"접니다."

머리가 헝클어지고 턱수염이 수북한 사내가 허리를 잔뜩 굽힌 채 앞으로 나왔다. 우리 숙소의 주인이었다. 아마 칠면조를 주러 왔다가 우리의 건배 소리를 들은 것 같았다.

"아, 예. 제가 옆집에 사는 이 친구에게 말해서……."

주인이 자신하고 비슷하게 생긴 사내를 가리켰다.

"알았으니 그만 해라."

"아… 예……."

하멜이 귀찮은 듯 손을 들어 주인 남자의 입을 막았다. 그러자 자신의 공로를 내세우려던 주인 남자가 주춤했다.

"이들에게 상금을 내려줘라."

"알겠습니다."

우리는 헤라트의 성으로 끌려갔다. 밧줄에 줄줄이 엮여서 성문 안으로 들어서는 내 심정은 묘한 것이었다.

"아버지……."

나는 아버지를 조용히 불러보았다.

"윌리암, 너는 샤론의 용사야. 놈들이 무슨 짓을 하든 절대 지면 안 된다."

내 뒤에 따라오던 맥슨이 나에게 힘을 실어주었다.

"……."

나는 대답하지 않았다. 이렇게 끝날지도 모른다는 생각에 가슴이 답답했다. 그때 스치듯 떠오른 얼굴이 있었다. 나의 복수를 위해 이곳에 존재하는 사람이 있었다.

'엄마!'

끌려가며 주변을 들러보았다. 혹시라도 엄마가 보일지도 몰랐다.

"대단히 큰 성이군."

"그러게. 아무리 걸어가도 끝이 없네."

노노와 카리카가 투덜거리며 맨 뒤에서 따라왔다. 그러나 둘의 중얼거림도 오래가지는 않았다. 우리를 끌고 가던 흑기사의 채찍이 바람을 갈랐다.

휘이익!

철썩!

노노의 입에서 신음 소리가 흘러나왔다.

"으윽!"

"노노, 괜찮아?"

카리카가 놀라서 물었다.

"이… 정도야……."

노노는 억지로 참았다.

휘이익!

두 번째 허공을 가르는 채찍 소리가 멈춘 것은 카리카의 등이었다.

"으악!"

"카리카!"

마법으로 능력이 제압당한 노노나 카리카는 흑기사가 휘두르는 채찍을 어찌할 수가 없었다. 그나마 인내로써 참는 것이 전부였다.

"이곳은 헤라트님이 계시는 곳이다. 모두 조용히 해야 한다!"

흑기사가 엄하게 주의를 주었다.

"다 왔다."

우리가 흑기사의 채찍에 꼼짝도 못하고 성의 중심으로 들어오자 모두들 멈추었다. 그곳은 여러 건물들이 만나는 넓은 광장이었다. 횃불을 얼마나 많이 밝혀놨는지 주변은 대낮보다 밝았다. 잔디밭 너머 정면에는 헤라트의 석상이 우뚝 서 있는 분수가 보였으며 그 뒤로 제일 커다란 하얀 대리석 건물이 웅장하게 서 있었다. 아마 저 거대한 집이 헤라트가 사는 저택일 것이다.

"모두 헤라트님을 영접하라!"

하멜이 소리치자 우리 주변을 흑기사들의 검은 말들이 빙 둘러 쌌다.

"모두 헤라트님을 영접하라!"

"모두 헤라트님을 영접하라!"

철갑단의 흑기사들이 질도있게 소리를 쳤다. 그러자 대리석 건물에서 작은 키의 남자가 걸어나오고 있었다.

"헤라트다!"

맥슨은 이를 갈았다.

"저렇게 조그맣고 볼품없는 늙은이가 헤라트라고?"

카리카가 어이없다는 표정을 지었다.

"……."

나는 입술에 힘을 주며 아무 말도 하지 않았다. 지금이라도 하멜의 마법이 풀린다면 손가락에 끼고 있는 파트리시어스로 없애 버리고 싶었다. 하멜에게 끌려오면서 칸하고 기온은 빼앗겼지만 반지는 무사했다.

"아슈빌의 아들이 잡혔단 말이지?"

가까이 다가온 헤라트가 우리를 천천히 살펴보았다. 바짝 마른 몸매에 나이를 알 수 없는 검은 얼굴이 사납게 보이는 그는 특히 짧게 밀어버린 머리와 찢어진 눈매가 매우 날카로웠다.

"여기 있습니다."

하멜이 헤라트에게 나를 떠밀었다. 밧줄에 손이 묶여 움직임이 둔한 내가 엉거주춤 그의 앞에 가서 섰다.

"윌리암, 오랜만이구나."

헤라트가 아는 체를 했다.

"죽지 않아서 네놈한테 미안할 뿐이다."

나는 이를 갈며 헤라트를 쳐다보았다.

"하하하, 그 못된 입버릇은 아슈빌을 꼭 닮았구나. 하지만 그런 못된 성질은 네 아비처럼 목숨을 재촉한다."

"닥쳐라!"

나는 참을 수가 없었다. 아버지를 죽인 놈이 이번에는 모욕까지 하고 있었다.

"하멜."

헤라트는 나를 등지고 돌아서서 하멜을 바라보았다.

"말씀하십시오."

"윌리암에게 그 자랑스런 아버지를 보여줘라."

"알겠습니다."

하멜이 자리에서 물러났다.

"무슨 짓을 하려는 거냐?"

노노가 무엇을 짐작했는지 놀란 목소리로 소리쳤다.

"드래코니안이 한 명 있다고 하더니 네놈이구나. 드라코리치의 측근 중의 측근인 네가 여기까지 오다니 아주 중요한 일이 있나 본데……."

"헤라트! 그런 소리는 나중에 하고 지금 하려는 잔인한 짓을 멈추어라."

나는 노노가 헤라트를 말리는 이유를 알고 있었다.

"그래, 드라코리치는 잘 있나?"

헤라트는 딴청을 부렸다.

"아이에게 충격을 줄 필요는 없잖아?"

"자기 아버지를 보고 싶은 것은 아들의 바램이야."

"윌리암의 아버지는 벌써 죽었어."

"그러니 더 보고 싶겠지."

"너는 드래곤보다 더 잔인한 놈이구나!"

노노가 악을 쓰며 뭐라고 했지만 헤라트는 그의 말 따위에 신경도 쓰지 않았다.

"저기 오는군."

하멜의 손에는 머리 크기만한 네모난 통이 들려 있었다. 나는 그것이 무엇인지 이미 짐작하고 있었다.

"헤라트님, 여기 있습니다."

"수고했다."

네모 통을 하멜에게 받은 헤라트가 내 쪽으로 몸을 돌렸다.

"이슈빌님!"

내 옆에 있는 맥슨이 투명 네모 통 속의 얼굴을 알아보았다. 그 속에는 아버지의 머리가 담겨 있었다.

"윌리암, 네가 그렇게 존경하는 너희 아버지다."

"네놈이 말하지 않아도 우리 아버지인 건 내가 더 잘 알아."

나는 흔들리는 가슴을 불끈 부여잡았다.

"하하하."

노노가 큰 소리로 웃었다. 나를 걱정했던 것이 무안할 정도였나
보다.

"역시 아슈빌의 아들답구나."

"샤론의 용사이기도 하다!"

"그렇다면 너도 네 아비처럼 죽어야지."

"이놈! 윌리암에게 무슨 일이 생기면 너는 내 손에 죽는다!"

맥슨이 이상한 낌새를 차리고 발악했다.

휘이익!

영락없이 흑기사의 채찍은 허공을 가르고 있었다.

철썩!

맥슨의 등이 잠시 휘어졌다.

"으읍!"

"조용히 해라!"

체찍을 휘두른 흑기사는 말 위에서 조금의 미동도 없었다.

"하멜!"

"예! 헤라트님!"

"이놈부터 죽여라! 그 다음은 드래코니안의 입을 열게 하고!"

"예!"

"나머지들은 네가 알아서 처리해!"

"알겠습니다."

일사천리로 우리의 처형 순서가 정해졌다.

"처형은 지금 당장 실시한다!"

"예!"

헤라트의 지시를 받은 하멜은 손짓으로 부하들을 불렀다.

"빨리 준비하라!"

"예!"

흑기사들이 부산하게 움직이자 광장에는 헤라트가 앉을 의자부터 단두대까지 모두 차례차례 놓여졌다. 어느 정도 시간이 지나자 나를 죽일 준비가 모두 끝났다.

"모두 준비됐습니다."

하멜이 부하로부터 보고를 받자 헤라트에게 다가갔다.

"시작하겠습니다."

"좋을 대로 해."

"예!"

헤라트는 의자에 가서 앉았다.

"잠깐!"

그때 내가 빨리 죽기를 바라던 헤라트가 갑자기 하멜을 불렀다.

"말씀하십시오."

"이 좋은 구경거리를 나만 볼 순 없지."

헤라트는 나한테 알지 못할 시선을 보냈다.

"그럼?"

날은 어두웠지만 아직 이른 시간이라 성에는 사람들이 돌아다니고 있었지만 이곳은 철갑단이 빙 둘러싸고 있어서 아무도 접근하지 못하

고 있었다. 그런데 헤라트가 사람들이 보는 앞에서 나를 처형하려고
하는 것이다.

"다른 사람들은 필요없고 사비나만 불러와라!"

"예!"

하멜이 부하에게 헤라트의 지시를 전했다.

"헤라트, 정말 더러운 놈이구나!"

노노는 참다못해 이를 갈았다.

"엄마 앞에서 아들을 죽이다니 너는 몬스터만도 못한 놈이야!"

카리카도 분을 참지 못했다.

"으으으!"

맥슨은 너무 화가 나서 말도 못하고 있었다.

"윌리암……."

"흑흑흑!"

아만다와 도로시는 울고 있었다. 그 옆에 가메로가 무표정하게 서
있었다.

"모셔왔습니다."

하멜이 부하가 데려온 엄마를 헤라트가 앉아 있는 의자로 안내
했다.

"이쪽으로 앉으시죠."

어느새 갖다 놨는지 헤라트 옆에는 의자 하나가 더 놓여 있었다.

"무슨 일로 이 시간이 저를 불렀어요?"

눈앞에서 벌어질 끔찍한 일에 대해서는 전혀 모르고 있는 듯 엄마
가 그렇게 묻자 헤라트가 의미심장한 웃음을 띠며 엄마에게 대답해
주었다.

"좋은 구경거리가 있어서."

나는 꿈에도 그리던 엄마의 움직임을 멍하니 바라보았다. 언젠가 만나면 애증부터 생겨날 줄 알았는데 막상 직접 보니 가슴만 답답한 게 아무 느낌도 없었다. 이제는 아버지의 복수를 해야 할 원수지만 나를 낳아준 엄마를 보며 안쓰러운 마음이 들었다. 횃불에 비친 그녀의 모습은 병색이 뚜렷했다. 창백한 얼굴과 바짝 마른 몸매는 예전에 엄마가 아니었다.

"무슨 구경거리인데요?"

엄마는 헤라트에게 너무도 다정했다.

"저기……."

헤라트가 가리키는 쪽을 무심코 바라보던 엄마가 나를 발견하고 움찔했다.

"윌리암!"

의자에 앉아 있던 엄마가 잠시 휘청했다.

"배신자!"

내가 엄마에게 소리를 질렀다.

"윌리암."

도로시가 놀라서 쳐다보았다.

"내 손으로 배신자를 죽이지 못해 억울하다!"

"……."

엄마는 소리를 지르는 나를 바라만 봤다.

"나의 아버지를 죽이고 샤론 족을 배신한 죄를 리쿠스 신은 잊지 않을 거야!"

나는 정신없이 엄마에게 퍼부었다. 이렇게 하지 않으면 내 마음이 변할지도 모르기 때문이다.

"윌리암, 그만 해라!"

맥슨은 나를 말렸다.

"시작해라!"

헤라트가 하멜에게 신호를 보냈다.

"예!"

흑기사들이 나를 단두대로 끌고 가서 무릎을 꿇게 했다. 그때 엄마가 일어나서 나한테로 걸어왔다. 저만치에서도 엄마만의 향기를 느낄 수 있었다.

"윌리암!"

나는 엄마를 빤히 쳐다보았다.

철썩!

엄마의 매서운 손이 내 얼굴을 때렸다.

"너도 네 아비처럼 사라지거라!"

너무 냉정했다. 정말 나를 낳아준 엄마일까 하는 생각이 들었다. 헤라트까지 몸을 들썩일 정도였다.

"당신 같은 헤라트의 개가 내 엄마라니 부끄럽다!"

철썩!

"그 주둥이는 죽어야만 닫겠구나."

나는 엄마를 노려보았다.

"사비나님! 그만 하세요!"

맥슨이 발광하듯 소리쳤다.

"……."

"누가 뭐래도 윌리암은 당신의 아들이잖아요!"

"덩치만 커다란 미련한 놈!"

엄마는 바람 소리가 획 하고 들릴 정도로 돌아섰다.

"배신자! 나를 빨리 죽여라!"

나는 엄마의 작은 등을 보며 최후의 발악을 했다.

"윌리암! 잘 들어라!"

의자로 돌아가려던 엄마가 걸음을 멈추고 고개도 돌리지 않은 채 말을 했다.

"예전에 내가 너를 살려준 것은 엄마로서의 마지막 배려였다. 하지만 더 이상의 기대는 하지 말거라."

"샤론의 용사는 그런 거 모른다!"

"건방진 놈, 편히 죽게는 하지 않겠다."

"죽어서도 당신을 저주할 거야!"

"그러기 위해서는 엄마와 아들이라는 인연부터 끊어야겠지."

"아버지가 죽는 순간 당신하고의 인연은 이미 끊겼어!"

니는 물러서지 않았다.

"내 손으로 직접 우리의 인연을 끊어주마!"

엄마는 이 말을 마지막으로 자리로 돌아가더니 호기심이 젖은 눈으로 쳐다보고 있던 헤라트에게 조심스럽게 속삭였다.

"좋아!"

헤라트가 엄마의 말을 듣고 무엇인가 승낙하는 몸짓을 했다. 그러더니 곧 이어 철갑단의 마스터 기사를 불렀다.

"하멜!"

"예!"

"윌리암은 내일 사비나가 직접 처치할 거다. 대신에 드래코니안을 데려와라."

"알겠습니다."

흑기사들은 나를 일으켜 세우더니 다음 목표가 돼버린 노노를 무자
비하게 단두대 앞에 꿇어앉혔다.

"으윽!"

노노의 입에서 가는 신음 소리가 나왔다.

"드래코니안, 나하고 얘기 좀 해야겠네."

헤라트가 의미심장하게 노노를 쳐다보았다.

"나에게서 얻을 것은 없다."

"그런가?"

"조금 전에도 말했지만 나는 세상 구경 나온 거네."

"네 말을 믿을 사람은 아무도 없어."

헤라트는 노노의 말을 믿지 않았다.

"그렇다면 자네는 내가 왜 여기 있다고 생각하나?"

노노가 빠히 헤라트를 바라보았다.

픽!

흑기사의 발길이 노노의 등을 내리쬈었다.

"으읍!"

노노가 신음 소리와 함께 앞으로 고꾸라졌다.

"건방진 놈!"

하멜이 노노의 머리를 밟았다.

"그만두게."

"이런 놈은 그냥 두면 안 됩니다."

"죽일 때 죽이더라도 궁금한 건 풀고 죽여야지."

"간단하게 마법을 이용하십시오."

"그건 너무 심심해."

헤라트는 하멜의 제안을 물리쳤다.

"흥! 잡혀온 포로나 데리고 심심풀이를 하려고 하다니 자네는 너무 오랫동안 쥐새끼처럼 성에서 썩고 있었군. 세상이 무서워 숨어 지내면서 고생 많았겠네."

노노가 하멜의 발 밑에서도 할 말을 했다.

"이놈이!"

"으윽!"

하멜이 더욱 발에 힘을 주자 땅바닥에 깔려 있는 노노의 얼굴이 많이 일그러졌다.

"맞아. 나는 너무 많은 세월을 성에만 있었어. 거기다가 아슈빌이 죽은 이후 재미있는 일도 없었는데 너희들이 잡혀와서 얼마나 즐거운지 모른다. 그리고 보니 아슈빌하고 그의 아들이 때를 맞춰 나를 즐겁게 해주는구나."

헤라트가 노노에게 말하며 나를 쳐다보았다.

"이놈을 어떡할까요?"

하멜은 자신의 발 밑에 얼굴이 깔려 있는 노노를 가리켰다.

"호호호, 지금부터 조금씩 죽여가며 놀아야지."

"알겠습니다."

하멜이 노노의 얼굴에서 발을 내려놓자 흑기사들이 노노를 일으켜 앉혔다.

"이제 시작해 볼까?"

헤라트는 손가락을 가볍게 흔들었다.

"으읍!"

노노의 얼굴이 고통으로 무너졌다. 헤라트가 핑걸 소드라는 마법으로 자신의 손을 칼로 만들어 노노의 어깨를 긋자 그의 어깨에선 빨간 선혈이 길게 흘러내렸다.

"후후후, 아픈가?"

헤라트가 만족한 미소를 지었다. 그는 핑걸 소드라는 마법으로 자신의 손을 칼로 이용하고 있었다.

"내 손이 조금만 더 강하게 움직이면 네 어깨는 몸뚱이에서 떨어져 나갈 것이다."

"잔인한 놈!"

노노가 이를 갈았다.

"이제 본론으로 들어가 볼까? 원래 드래곤의 피가 섞인 종족은 하이드랜드 밖으로는 나올 수가 없다. 만일 이를 어길 시에는 신의 심판이 기다리지."

"신의 존재를 믿지 않는 놈이 나 때문에 신의 심판을 들먹이다니 우습군."

노노는 목적을 알아내려 떠보는 헤라트를 비웃었다.

"신이 말하기를 드래곤이라도 대륙을 해치지 않으면 상관없다고 했다. 나 역시 어디든지 다닐 수 있고 그러다가 우연히 윌리암 일행을 알게 된 거야."

노노는 그 와중 속에서도 얼렁뚱땅 둘러댔다.

"설령 그렇다고 해도 자네는 드라코리치의 수행 기사가 아닌가? 아직도 전쟁 중인데 함부로 돌아다닐 위치가 아니지."

"드라코리치님이 세상일을 궁금하게 여겨서 내가 대신 여행을 다니는 것뿐이다."

"후후후, 끝까지 해보겠다는 거군."

"해보고 말고 할 것도 없다!"

노노가 딱 잘라 말했다.

"하이드랜드의 드래곤 족 안에는 우리와 내통하는 사람들이 있다. 그런데 아무도 자네가 움직인 것을 나한테 보고하지 않았어. 거기다가 윌리암도 우리가 보낸 자객들에게 죽었어야 했는데 아직까지 살아 있지."

"그래서?"

"하이드랜드에서 무슨 일이 생긴 거지. 내가 모르는 어떤 음모가 진행 중인 거야. 자네와 윌리암은 같은 목적으로 하이드랜드에서부터 같이 나왔을 테고……."

헤라트는 자신의 생각을 확신했다.

"후후후."

노노는 헤라트의 설명을 들으며 웃기만 했다.

"그런데 여행이라고?"

"자네 마음대로 생각하게."

노노는 더 이상 말할 생각이 없는 듯했다.

"그렇다면 본격적으로 심심풀이를 해야겠군."

드래코니안의 변명은 헤라트에게 전혀 통하지 않았다. 하기야 노노가 가진 위치에 있는 드래곤이 하릴없이 세상 구경이나 다닌다고 하면 아무도 믿지 않을 것이다.

"팔이 너무 무거워 보이는군."

헤라트가 손을 슬쩍 흔들었다.

찌이익!

종이를 찢는 듯한 가벼운 소리가 들리더니 노노의 팔이 땅으로 떨어졌다.

"으윽!"

팔이 떨어진 노노의 어깨에서 핏줄기가 뿜어져 나왔다. 실로 눈 깜짝할 사이에 일어난 일이었다.

"노노!"

카리카가 우리 앞을 막고 있던 흑기사들을 밀치며 노노 쪽으로 나가려 했다.

"어딜!"

흑기사 한 명이 카리카를 발로 찼다.

퍽!

이미 모든 힘을 제압당한 카리카는 꼼짝하지 못하고 배를 잡고 고꾸라졌다.

"노노……."

카리카가 일어서려 했지만 소용없는 일이었다. 흑기사의 발길질이 이어졌기 때문이다.

퍽! 퍽! 퍽!

쓰러진 채 흑기사의 발길질에 맞추어 출렁거리던 카리카는 이내 정신을 잃은 듯했다. 그때 맥슨이 흑기사를 몸으로 밀쳤다.

"죽일 놈!"

맥슨은 흑기사를 노려보았다.

"샤론 족의 돼지, 그냥 두지 않겠다!"

흑기사가 칼을 뽑았다.

"그만둬라! 헤라트님이 직접 심판하시는 자리다."

뒤쪽에서 시끄럽게 웅성거리자 하멜이 다가와 흑기사를 말렸다.

"알겠습니다."

흑기사가 두말없이 물러났다.

"카리카!"

맥슨이 걱정스러운 얼굴로 자신의 유일한 부하를 내려보았다.

"으으음……."

카리카가 금세 정신을 차렸다. 완전히 기절하지는 않았던 것 같았다.

"괜찮은 거야?"

"주인님… 노노는?"

맥슨은 억지로 일어서는 카리카를 묶인 손으로 겨우 챙기며 노노를 바라보았다.

"균형이 맞지 않으니 나머지 한쪽도 잘라야겠다."

헤라트가 다시 손을 흔들려고 했다.

"멈춰라! 오크만도 못한 놈!"

정신을 겨우 차린 카리카가 울부짖었다. 그러자 헤라트의 손이 멈칫했다.

"하멜."

"예!"

"저 여자애는 누군가?"

"요정인 듯합니다."

"요정이라고?"

"예!"

"어느 종족인데?"

"그것까지는 모르겠습니다. 이 대륙에 사는 종족은 아닌 것 같습니다."

"그래?"

헤라트가 이번에는 카리카에게 관심을 가졌다.

"그 여자는 놔둬라!"

노노가 심상치 않은 분위기를 알고 자신의 아픔을 잊은 채 헤라트를 막으려 했다.

"자네가 그러니까 더 궁금하군."

"내가 모두 말하마!"

"이제는 필요없다. 네가 이곳에 온 이유야 뻔하다."

헤라트는 눈을 가늘게 뜨고 노노를 바라보았다.

"······?"

"드라코리치가 자신의 수행 기사를 보낼 정도면 아주 중요한 일일 테고 그놈에게 가장 중요한 일은 신의 보물에 관한 것이겠지. 아마 보물의 주인을 찾아오라고 자네를 대륙으로 보냈을 거야."

헤라트는 정확하게 판단하고 있었다.

"······."

노노는 입술만 깨물 뿐 아무 말도 하지 못했다.

"그 말은 윌리암도 보물의 주인이 아니란 말이지."

헤라트가 작은 눈을 들어 나를 바라보았다.

"호호호, 지하에 있는 아슈빌이 알면 통곡을 하겠군요."

그동안 가만히 앉아 있던 엄마가 웃음을 터뜨렸다.

"하하하하하······."

헤라트도 뭐가 좋은지 웃음을 그치지 않았다.

"그 보물의 주인은 오로지 당신뿐이에요."

엄마가 헤라트에게 다정스럽게 웃어 보였다.

"당연하지. 신이 남긴 보물은 신보다 더 큰 존재만이 가질 수 있으니까. 하하하."

헤라트가 상기된 표정으로 웃음을 이어갔다. 그에게 있어 내가 보물의 주인이 아니라는 말은 커다란 의미가 있었다. 어떡하든 나를 죽이려고 했던 그가 나 때문에 얼마나 고민했는지 알 수 있는 증거였다.

"이 세상에 신의 능력을 넘어선 사람은 헤라트님밖에 없습니다."

하멜이 헤라트의 기분을 맞추어주었다.

"너는 더 이상 필요 없다!"

한없이 웃어대던 헤라트가 싸늘한 표정으로 노노를 바라보았다.

"……?"

"가라!"

헤라트의 소매가 펄럭였다.

펑!

순식간의 일이었다.

"노노!"

노노는 흔적도 없이 사라졌다.

"이… 이럴 수가……!"

언데드 드래곤인 드라코리치의 수행 기사인 드래코니안은 이렇게 사라졌다. 굉장한 실력의 마법과 해박함을 가지고 있던 노노를 다시는 볼 수가 없게 된 것이다. 하멜의 마법에 제압당하지 않았다면 결코 쉽게 당하지 않았을 그였다.

"이름이 뭔가?"

헤라트는 아무 일 없었던 것처럼 카리카에게 다가갔다.

"죽일 놈!"

카리카는 노노가 죽자 제정신이 아니었다. 그녀는 흑기사들의 틈새를 밀치고 나가 헤라트에게 달려들었다.

"바인딩!"

헤라트가 툭 하고 마법을 던졌다.

"비켜!"

카리카는 발 밑에서 솟아오르며 그녀의 앞을 막는 나뭇가지들을 손으로 밀쳐 냈다. 그러나 어느새인가 헤라트의 마법으로 생긴 나뭇가지들은 그녀의 몸을 꽁꽁 묶었다.

"제법 성질이 있군."

헤라트가 나뭇가지에 갇힌 카리카를 유심히 바라보았다.

"너를 죽일 거야!"

카리카는 헤라트를 노려보았다.

"그렇군. 이 땅에 사는 종족은 아니군."

헤라트는 카리카가 소리를 지르든 자신을 저주하든 그런 것에는 신경 쓰지 않았다. 오로지 요정을 살피는 데만 집중하고 있었다.

"짐작 가는 데라도 있어요?"

엄마가 헤라트의 곁에 바짝 붙었다. 이곳에서 처음 엄마를 봤을 때와는 또 다른 모습이었다. 그때도 지금처럼 병색이 짙은 얼굴이었지만 이렇게까지 헤라트와 가깝지는 않았었다.

"다른 세계에서 온 것 같은데……."

헤라트가 턱을 쓰다듬었다.

"당신이 모르는 세상이라면 땅속밖에는 없잖아요."

"그렇지. 거긴 가보지 않았으니까."

"윌리암과 함께 하이드랜드에서 왔다면 땅속은 한 군데밖에는 없네요. 바로 드래곤들의 영역 중에서도 언데드 드래곤인 드라코리치가 사는 지하 세계죠."

엄마는 카리카가 나온 곳을 짐작했다.

"맞는 말이긴 한데 이 아가씨와 드래곤은 어울리지 않아."

헤라트는 카리카를 유심히 살펴보았다.

"그렇다면 드래곤의 땅에서도 더 깊은 곳에서 왔나 보군요."

"이봐, 아가씨."

"죽일 놈!"

카리카는 대답 대신 이를 갈았다.

"내가 보기에 죽은 놈하고 특별한 사이 같던데……."

헤라트는 노노에게 유독 관심을 보이던 그녀의 행동을 유심히 봤기에 카리카를 슬쩍 떠봤다.

"우리는 사랑했어!"

카리카가 절규하듯 소리쳤다.

"그랬었군."

"그런데 네가 그 사랑을 없앴어!"

"너무 걱정 말아."

"뭐라고?"

"내가 필요한 것만 알아내고 너도 드래코니안의 곁으로 보내줄 테니까."

헤라트가 선심을 베풀듯 얘기했다.

"카리카에게 손대지 마!"

내 옆에 있던 도로시가 소리쳤다. 노노의 죽음에 충격을 받고 있던 그녀가 카리카까지 죽을지 모른다는 두려움에 소리를 지른 것이다.

"도로시! 그만!"

나는 불안한 마음으로 그녀를 말렸다.

"이건 또 뭐지?"

헤라트가 카리카를 두고 우리 일행이 몰려 있는 곳으로 왔다. 그리고는 소리를 지른 도로시를 빤히 쳐다보았다.

"더 이상… 사람을 죽이지 마……."

도로시가 애원했다.

"건방진 년!"

헤라트는 인상을 쓰며 손을 올렸다.

철썩!

도로시는 비명도 지르지 못하고 뒤로 벌러덩 넘어졌다. 헤라트의 한 번의 손짓에 그녀는 기절하고 말았다.

"이놈!"

쓰러지는 도로시를 몸으로 겨우 받아서 바닥에 눕힌 가메로가 벌떡 일어났다.

"한 놈도 그냥 넘어가지 않는군."

헤라트는 귀찮다는 표정을 지었다.

"도로시에게 손을 대다니 내가 용서할 수 없다!"

두 손이 밧줄에 묶여 있던 가메로가 헤라트에게로 돌진했다. 하지만 그것은 너무도 무모한 짓이었다.

"나도 너를 용서하고 싶지 않다!"

헤라트의 손이 잠깐 펄럭였다.

휘이익!

푸른 섬광이 길게 뻗으며 가메로에게 날아갔다.

펑!

헤라트의 손에서 뻗어 나간 번개가 불꽃을 일으켰다.

"커억!"

외마디 비명과 함께 가메로의 목이 아래로 굴러 떨어졌다.

"으… 으… 으……."

"이… 이… 이……."

맥슨과 나는 신음 소리만 낼 뿐 아무것도 할 수 없었다.

"드래곤의 땅에서도 더 깊은 곳은 신전뿐이다."

헤라트는 카리카를 다그쳤다.

"알면서 뭘 묻지?"

카리카는 악에 받쳐 있었다.

"거기서 나온 이유를 말해 봐."

"그것도 알 텐데!"

"죽은 드래코니안과 같은 목적이겠지. 그것밖에는 나올 이유가 없
으니까."

"그래!"

카리카가 앙칼지게 대답했다.

"지금까지 섬에 처박혀 조용히 지내던 드래곤에 요정까지 보물의
주인을 찾으러 모두 뛰쳐나온 이유가 뭐지?"

헤라트는 주변을 둘러보았다.

"우리를 공격하려는 뜻이겠죠."

엄마가 헤라트의 어깨에 손을 얹었다. 그 모습을 본 나는 분노가 치미는 것을 떠나서 기가 막혔다.

"갑자기 나를 공격하기 위해 보물의 주인을 찾는단 말이지?"

헤라트는 엄마에게 슬쩍 눈길을 주었다.

"그렇죠."

"하기야 만일 신이 존재한다면 나한테 위기감을 느낄 때가 됐지."

"두려운 거겠죠. 당신은 신의 영역을 넘어선 사람이니까요."

엄마가 헤라트를 치켜세웠다. 그러자 그는 기분이 좋은지 호탕하게 웃음을 터뜨렸다.

"하하하."

"신이 움직이기 시작했다면 우리도 빨리 대비를 해야죠."

"그래야지. 기다리다 당할 수는 없으니까."

"준비하시는 일은 끝나가나요?"

"응."

짤막한 대답으로 엄마의 궁금증에 대답한 헤라트가 야릇한 미소를 지었다.

"그래서 신들이 당황하는 거군요. 당신이 준비한 일이 끝나는 순간 대륙의 역사는 인간의 것으로 바뀔 테니까요."

"아무리 신이라도 자신들의 영역으로 들어서는 사람을 그냥 둘 수는 없을 거야. 너무 불안한 거지."

두 사람이 다정하게 얘기를 주고받았다. 그때 카리카가 입술을 깨물며 진지한 모습으로 말을 뱉었다.

"사람은 창조주인 신을 넘어설 수 없다!"

"내가 존재하기 전에는 그랬는지도 모르지."

헤라트가 미소를 지었다.

"그건 진리야. 영원할 수밖에 없는 거다!"

"인간이 세상을 지배하는 순간을 보여주지 못해 미안하구나."

헤라트가 손을 들었다.

"……."

"다른 심심풀이를 만나야겠다."

"버러지 같은 놈!"

"사랑하는 드래코니안의 저승 가는 길동무나 되거라."

"죽일 놈!"

"룬 플레이어!"

"노노의 복수를 못하다니 분하다!"

카리카의 마지막 말엔 피가 묻어 있었다. 창처럼 길게 뻗은 화염이 그녀의 가슴을 관통하며 불꽃이 일어났다.

"카리카!"

불길에 휩싸인 카리카의 주검이 눈도 못 감고 쓰러졌다.

"카리카!"

철은 없었지만 결코 밉지 않았던 부하를 잃은 맥슨의 심정은 더욱 처절했다.

"이럴 수는 없는 거야……!"

졸지에 노노와 카리카를 잃은 우리 일행은 넋이 나가 있었다. 싸움터에서도 아닌 헤라트의 심심풀이를 위해 죽어야 했다는 사실이 믿어지지가 않았다.

"네가 치사한 놈인지는 알았지만 이 정도일 줄은 몰랐다!"

맥슨이 울분을 참지 못했다.

"이번에는 덩치 커다란 놈하고 놀아볼까?"

"헤라트님!"

거만한 걸음걸이로 헤라트가 맥슨에게 다가가자 하멜이 앞으로 나왔다.

"뭐냐?"

"이놈은……."

하멜은 헤라트에게 바짝 붙어 귓속말을 했다.

"그래?"

"그렇습니다."

헤라트가 의미심장한 얼굴로 맥슨을 보았다.

"치사한 놈!"

맥슨은 계속해서 헤라트에게 욕설을 퍼부었다.

"네가 정말 죽었다가 다시 살아났느냐?"

헤라트는 하멜의 말을 확인하려 했다.

"말 같지도 않은 소리 하지 말고 용사답게 싸우자!"

"묻는 말에 대답이나 해."

"네놈의 목을 따려고 죽지 못했다!"

"언데드 같지는 않은데……."

헤라트가 호기심을 가지고 맥슨을 둘러보았다.

"마법으로 능력을 잃은 노노와 카리카를 죽이고도 뭐가 잘나서 거드름을 피우는 거냐! 그들이 마법에만 걸리지 않았어도 너 정도는 끝장났을 거야!"

맥슨은 헤라트가 자신에게 관심을 갖든 말든 소리를 고래고래 질렀다.

"이놈은 너무 시끄럽군."

헤라트는 맥슨이 너무 떠들자 귀찮은지 손을 들면서 아만다를 바라보았다.

"심심풀이로 예쁜 여자도 좋지."

"호호호, 물론이죠."

엄마가 아만다를 들여다보며 묘한 표정을 지었다.

"이름이 뭐지?"

"……."

아만다는 겁에 질려 부들부들 떨기만 했다. 성격이 활발한 그녀였지만 눈앞에서 노노와 카리카가 어이없게 목숨을 잃자 겁에 질려 있었던 것이다.

"여기 레이디를 내가 머무는 곳으로 정중히 모셔가라!"

"예!"

헤라트의 지사가 떨어지기 무섭게 흑기사들이 아만다를 말에 태웠다.

"맥슨!"

아만다가 끌려가며 울상이 돼서 맥슨을 불렀다. 하지만 그녀는 우악스러운 흑기사들의 손에 이끌려 정면에 보이는 하얀색 대리석 건물로 사라져 갔다.

"아만다!"

맥슨은 힘을 쓰려 했지만 마법으로 힘을 뺏긴 상태에 손까지 묶여 있으니 소용없는 일이었다.

"오라! 둘이 좋아하는 사이로구나."

헤라트가 음흉한 웃음을 띠었다.

"그 여자에게 손대면 가만두지 않겠다!"

"정말 시끄러운 놈이군!"

헤라트는 덩치 큰 심심풀이를 처치하려고 조금 전부터 들고 있던 손으로 맥슨의 가슴을 움켜잡았다.

펑!

폭발음이 맥슨의 가슴에서 울렸다.

"맥슨!"

나는 덩치 큰 친구가 죽었다는 생각에 거의 제정신이 아니었다. 그러나 신음 소리는 헤르트의 입에서 흘러나왔다.

"으읍!"

헤라트가 황급히 맥슨에게서 물러났다.

"쿨럭쿨럭!"

맥슨이 땅에 쓰러지며 입 안 가득 피를 토했다.

"이… 럴 수가……!"

헤라트는 경악하고 있었다.

"……!"

투구 속에서 빛나던 하멜의 눈동자가 경련을 일으켰다. 아직까지 한 번도 헤라트가 오늘처럼 실패하는 것을 보지 못한 듯했다.

"조금 쉬어야겠어. 이놈들은 내일 다시 보도록 하지."

헤라트가 기운없는 모습으로 손짓을 했다.

"알겠습니다."

하멜과 흑기사들이 신속하게 주변을 정리하기 시작했다.

"저 샤론 족 놈의 정체가 뭐지? 내 힘이 통하지 않는 자는 오로지……."

하멜이 물러나자 헤라트가 심각한 표정으로 엄마에게 물었다.

"그냥 힘이나 쓰는 멍청한 놈인데……."

엄마도 믿을 수 없다는 표정으로 맥슨을 바라보았다.

(8)

　우리가 갇힌 방은 광장에서 제일 가까운 건물의 지하에 있는 낡은 창고였다. 한쪽 벽면의 맨 위에 뚫려 있는 작은 창문으로 싸늘한 늦가을 밤의 달빛이 허옇게 밀려 들어왔다. 그 속에 우리를 지키는 병사들의 발소리가 섞여 있었다. 겨우 몸을 누울 수 있는 작은 방이었지만 네 명이나 빠져 버린 우리 일행에게는 허전한 바람이 스미고 있었다. 비록 손이 풀려 있었지만 발목에 채여진 쇠사슬은 더욱 차갑게 느껴졌다.

　"맥슨……."

　나는 아직까지 깨어나지 않고 있는 맥슨을 돌보고 있었다. 내 옆에는 도로시가 멍하니 앉아서 아빠의 죽음을 슬퍼하고 있었다.

　"아빠……."

　"도로시, 미안해."

특별히 위로할 말이 없었다. 도로시의 아버지인 가메로가 죽는 자리에 나를 낳아준 엄마가 있었다는 자체가 큰 죄인 듯했다.

"윌리암……."

도로시가 충격에서 조금씩 벗어나는 것 같았다. 조금 전까지만 해도 잔뜩 슬픔에 젖어 한마디 말도 하지 않던 그녀였다.

"이제 좀 괜찮아진 거야?"

나는 도로시를 반갑게 쳐다보았다.

"그런 말 하지 마. 윌리암이 뭐가 미안해."

비록 기운은 없었지만 말투만은 또박또박 정확했다. 어느 정도 놀라고 슬픈 가슴을 진정시키는 것이 느껴졌다.

"그냥 미안해."

"그냥 미안한 게 어딨어? 그러니까 앞으로는 미안하다고 하지 마."

오히려 도로시가 나를 달랬다.

"후우~!"

한숨밖에 나오지를 않았다.

"아빠가 그렇게 죽어서 마음이 아프지만 그래도 다행이라고 생각해."

"왜?"

"비록 파트리시어스의 마법으로 아빠가 변하긴 했지만……."

말을 중간에 멈춘 도로시의 표정이 더욱 슬퍼졌다.

"힘들면 말하지 마."

내가 도로시의 어깨를 잡았다.

"…짧은 시간이라도 아빠의 사랑을 느낄 수 있었으니까."

기어이 도로시가 눈물을 보였다. 그러자 더욱 미안한 마음이 들며 답답했다. 타이맨들의 동굴에서 고향에 그냥 남겠다고 말하던 도로시였다. 내가 지켜줄 것처럼 데리고 왔는데 결과적으로 그녀에게 불행을 주고 만 것이다.

"이번 일만 없었으면 도로시는 행복했을 텐데."

나는 고개를 떨구었다.

"윌리암."

도로시가 내 손을 잡았다.

"도로시……."

"나는 항상 윌리암에게 감사하고 있어."

"……?"

주근깨 소녀가 고개를 드는 나에게 미소를 보여주었다.

"윌리암이 파트리시어스를 내게 주지 않았다면 나는 아빠의 사랑을 한 번도 느끼지 못했을 거야. 그러니까 앞으로는 미안하다는 말 하지 마."

"고마워!"

자기 자신도 힘들 텐데 내 마음을 챙겨주는 도로시가 고마웠다.

"나도 고마워. 아빠에 대한 마지막 기억이 사랑이라서 얼마나 좋은지 몰라. 이게 모두 윌리암 덕이라니까."

도로시는 계속 미소를 보이고 있었다.

"치."

"이제 서로 공치사하는 거 그만 하자는 거지?"

"하하하, 그래!"

나는 도로시의 손을 잡고 작게 웃었다. 이곳에 끌려와서 처음 웃어보는 순간이었다.

"으으음……."

"아저씨가 깨어나나 보다!"

도로시가 내 어깨 너머로 맥슨을 살폈다.

"맥슨!"

내가 맥슨을 흔들었다.

"으으으……."

"정신이 드는 거야?"

"여기가 어디야?"

"맥슨, 정신이 들었구나."

나는 너무 기뻐 눈물을 흘릴 정도였다. 만일 그마저 죽었다면 나는 처형도 당하기 전에 내 스스로 목숨을 끊었을지도 모른다. 그 정도로 절박한 순간이었다.

"어떻게 된 거지?"

맥슨이 일어나 앉으려고 했다. 그러나 모든 기운이 탈진한 그로서는 힘든 일이었다.

"그냥 누워 있어."

나는 맥슨을 자리에 눕혔다.

"아만다는?"

"……."

할 말이 없었다.

"헤라트에게 끌려가서 아직 오지 않은 거야?"

맥슨은 의외로 차분했다.

"으응."

나는 작은 소리로 대답했다.

"으으윽!"

맥슨이 다시 일어나려고 했다.

"왜 그래?"

덩치 큰 친구의 의도를 알고 있었지만 내가 먼저 아는 체를 하지는 못했다.

"아만다를 구해야 해!"

맥슨이 기어이 이를 악물며 일어나 앉았다.

"소용없는 짓이야."

나는 맥슨을 달랬다.

"가야 해!"

맥슨은 벽을 짚으며 일어섰다. 다리가 많이 흔들리고 있었지만 문을 찾은 그는 천천히 앞으로 걸어가려 했다.

"맥슨……."

"아저씨."

나와 도로시가 안타까운 눈빛으로 맥슨을 바라보았다.

"아만다, 조금만 기다려."

맥슨은 우리의 손을 뿌리치고 걸어나갔다. 하지만 그의 노력은 금세 물거품이 되고 말았다. 우리의 발목에는 쇠사슬이 묶여 있었다.

우당탕!

"맥슨!"

나는 앞으로 고꾸라진 맥슨을 부축했다.

"아만다를 구해야 해!"

맥슨이 바닥을 기어 문으로 향하려 했다.

"그만 해!"

내가 말렸지만 소용이 없었다.

"아만다!"

그동안 절제하고 있던 맥슨의 감정이 폭발하고 있었다. 그는 발목을 옥죄는 쇠사슬은 신경도 쓰지 않은 채 문 쪽으로만 가려고 했다.

"아저씨!"

도로시가 어쩔 줄을 몰라 했다.

"으으으!"

맥슨의 입에서 짐승이나 지르는 괴성이 흘러나왔다. 그는 돌아앉아서 발목을 조이고 있는 쇠사슬을 붙잡았다.

"이놈들! 그냥 두지 않는다!!"

쇠사슬을 끊는다는 것은 힘을 잃은 맥슨에게는 무리한 일이었다. 그러나 그는 손으로 끊기지 않자 벽에다 쇠사슬을 때리기 시작했다.

쟁그랑!

쇠사슬이 벽에 부딪치며 불꽃을 일으켰다.

쟁그랑!

맥슨이 미친 듯이 쇠사슬을 벽에 때렸다. 그러나 미친 듯 날뛰는 그를 우리는 말릴 수가 없었다.

"윌리암, 어떡하지?"

도로시의 얼굴이 하얗게 질려 있었다. 그만큼 맥슨의 행동은 두려움마저 들 정도였다.

"그냥 두고 보다가 맥슨이 지치기를 바래야지."

나는 그저 안타까운 눈빛으로 덩치 큰 친구를 쳐다볼 뿐이었다.

"아만다……!"

한참을 쇠사슬과 씨름하던 맥슨이 털썩 주저앉았다.

"아저씨, 진정하세요."

도로시가 맥슨의 등을 쓰다듬었다.

"흑흑흑!"

맥슨이 눈물을 흘렸다.

"아무 일 없을 거야."

나는 말해 놓고도 씁쓸했다. 이런 말로 맥슨을 달랠 수 없다는 것을 내 자신도 잘 알고 있었다.

"흑흑흑!"

맥슨이 우는 것도 흔한 일이 아니었지만 이렇게 쉬지 않고 눈물을 빼는 것은 내가 그를 알고 처음이었다.

"그만 하세요."

도로시도 슬픈지 눈가가 붉어졌다.

"아만다……."

맥슨은 넋을 빼고 있었다.

"아저씨, 누구보다 슬픈 것은 윌리암일 거예요."

도로시가 나를 한번 힐끔 보았다.

"……."

나는 도로시가 무슨 말을 하려는지 알고 있었다. 맥슨도 도로시의 말을 이해하는지 잠시 입을 닫고 조용히 나를 쳐다보았다.

"모두 무사하냐?"

갑자기 나타난 사람은 큰 스승이었다. 영혼인 그로서는 이곳에 들어오는 데 크게 지장이 없었을 것이다.

"알프레드!"

나는 반가움도 잊은 채 눈을 크게 떴다. 일행들이 하나씩 없어지며 슬픔만 앙금처럼 쌓이고 있었는데 하멜이 덮쳤을 때 숙소에서 사라졌던 알프레드가 나타났으니 너무 기뻐 말을 못할 정도였다.

"한참을 찾아 헤맸네."

알프레드는 슬픔에 빠져 있는 우리와는 다르게 전하고 별로 변한 것이 없었다.

"알프레드님, 괜찮으세요?"

도로시도 큰 스승을 반갑게 맞이했다.

"그래. 도로시도 괜찮으냐?"

알프레드가 도로시의 인사를 받으며 주변을 둘러보았다.

"다른 사람들은?"

알프레드는 우리의 비극을 모르고 있었다.

"그게⋯⋯."

나는 머뭇거렸다.

"저놈은 왜 저래?"

알프레드가 맥슨을 보며 핀잔을 주었다.

"알프레느님, 그러지 마세요."

도로시가 큰 스승을 말렸다. 그러나 알프레드는 아랑곳하지 않고 맥슨에게 시비를 걸었다. 하지만 멍하니 앉아 있는 맥슨은 조금의 미동도 없었다.

"죽을 고비를 한두 번 넘긴 것도 아닌데 왜 청승을 떨고 있누?"

알프레드가 이상한지 맥슨에게 다가갔다.

"⋯⋯."

"모두 죽었어요."

맥슨이 넋이 나간 듯 말을 했다.

"죽다니?"

"알프레드가 놀란 눈으로 나를 바라보았다.

"그게……."

나는 슬픔이 복받쳐 오르는 것을 참으며 그동안 있었던 일들을 알프레드에게 말해 주었다.

"잡혀온 지 얼마나 됐다고 그런 일이 일어났단 말이냐?"

알프레드는 분노를 느끼곤 부르르 치를 떨었다.

"그나마 맥슨이 살아난 게 신기할 뿐이야."

나는 멍하니 앉아 있는 맥슨을 바라보았다.

"헤라트가 맥슨의 가슴을 움켜잡았다가 그랬다면 라이브 스톤 때문일 거다. 리쿠스 신하고 놈은 상반되는 기운을 가지고 있으니까 말야."

알프레드가 나름대로 추리를 해보았다.

"만일 라이브 스톤이 맥슨을 지켜준다면 하멜의 마법은 왜 걸린 거지?"

"내가 보기에는 라이브 스톤이 맥슨의 정신이나 육체적인 능력을 증가시켜 주지는 않지만 생명만은 어떤 순간에서도 지켜주는 것 같다. 헤라트의 손에서도 살아났다면 이 대륙에서 맥슨을 죽일 수 있는 사람은 그리 흔하지 않을 것이다."

알프레드의 말을 들으며 예전에 하우제터스 자작이 나한테 했던 말을 떠올렸다. 라이브 스톤은 영원한 생명의 상징으로 가문의 존속을 위해 소중한 보물이라고 했었다. 나와 알프레드가 라이브 스톤에 대해 얘기를 하는 동안 아직도 정신을 추스르지 못한 맥슨이 헛소리까지 중얼거렸다.

"아만다가 죽었어요."

"맥슨, 아만다는 아직 살아 있어!"

내가 말리려고 했지만 소용이 없었다.

"아만다가 죽었어요."

"맥슨……."

알프레드가 안타까운 시선으로 맥슨을 쳐다보았다.

"노노와 카리카, 그리고 아빠까지… 너무 잔인했어요."

도로시가 고개를 떨구었다.

"상심이 많겠구나."

"이제는 괜찮아요."

도로시는 다시 고개를 들어 미소를 만들었다.

"그래, 장하다."

"알프레드."

나는 도로시를 지그시 내려다보고 있는 큰 스승을 불렀다.

"이제 앞으로 어떡해야 해?"

"천상 알투 일행이 빨리 오기만을 기다리는 수밖에 없구나."

알프레드가 한숨을 크게 쉬었다.

"어디 있었어?"

나는 아무 말이나 해서 분위기를 바꾸려고 했다. 어차피 죽을 거 미리부터 한숨만 쉬고 있을 수는 없었다. 그리고 알프레드의 말대로 3일 후에 온다던 알투 일행이 조금 일찍 도착한다면 살 수 있는 기회가 생길지도 몰랐다.

"알투를 찾으러 다니다가 왔다."

알프레드가 그동안 보이지 않았던 이유를 말했다.

"그래서 찾았어?"

"아니."

알프레드가 고개를 가로저었다.

"어, 그래."

기대에 찼던 나는 곧 실망하고 말았다.

"오늘은 밤이 깊어 포기했지만 조금 있다가 다시 찾으러 가보려고 한다."

"알투를 찾는 데 얼마나 걸릴 것 같아?"

지금 기대할 수 있는 사람은 오로지 알투뿐이었다.

"아무리 빨리 찾아와도 내일이나 돼야 가능할 거다."

"그렇다면 하루를 더 견뎌야 하는구나. 거의 가능성없는 얘기네."

나는 낙담했다. 확신할 수 없는 얘기였다.

"윌리암, 꼭 가능하게 만들어야 한다."

"아무래도 힘들 거야."

나는 한숨을 내쉬며 천장을 바라보았다. 오늘 죽을 고비도 엄마 덕분에 겨우 넘겼다. 하지만 그것도 무슨 꿍꿍인지 시간만 미룬 거지 목숨을 보장받은 것은 아니었다. 해만 뜨면 당장 엄마의 손에 죽어야 할지도 모르는 목숨이었다.

"내가 가서 사비나님께 부탁해 볼까?"

"누구?"

오랜만에 듣는 엄마의 이름이 역겨웠다.

"사비나님이면 여기서 탈출까지는 힘들어도 날짜를 미루어줄 순 있을 거야."

"흥! 그 배신자 얘기는 꺼내지도 마!"

알프레드에게 엄마 얘기는 말하지 않았었다.

"나는 그렇게 생각하지 않는다. 사비나님은 절대 배신자가 아닐 거야."

예전부터 알프레드는 엄마를 긍정적으로 보았었다.

"알프레드님……."

도로시가 내 눈치를 살피며 알프레드에게 조용히 속삭였다.

"으음!"

알프레드는 고개를 끄덕였다.

"나한테 엄마란 존재는 아버지가 죽는 순간 없어졌어."

"오늘 일은 너무 신경 쓰지 마라."

"알프레드는 끝까지 엄마를 믿는군."

내가 빈정거렸다.

"믿음은 소중한 거야."

알프레드가 알지 못할 미소를 내게 보냈다.

"해가 뜨면 알게 되겠지. 그 여자의 본모습이 드러날 테니까."

엄마는 자신이 손수 나하고의 인연을 끊는다고 했다. 자신의 행복을 위해서 아들을 죽이려는 사람을 엄마라고 부를 수는 없었다.

"그래. 모든 게 리쿠스 신의 뜻이다."

알프레드가 버릇처럼 신의 탓을 말하고는 작게 뚫린 창가로 날아갔다.

"지금 가려고?"

"한시라도 빨리 알투 일행을 찾아야지."

"곧장 알투에게 갈 거지?"

나는 혹시라도 알프레드가 엄마를 찾아갈까 봐 불안했다.

"걱정되누?"

"무슨 짓을 할지 모르잖아."

"알았다."

알프레드는 내 말을 따르기로 하고 방을 빠져나가려고 했다. 그때 맥슨이 주먹으로 벽을 때렸다.

펑!

한쪽 벽이 우르르 무너져 내렸다.

"그냥 두지 않을 거야!"

"맥슨?"

힘이 하나도 없던 맥슨의 의외의 행동에 나는 너무도 놀랐다.

"나를 말리려고 하지 마세요!"

"괜찮은 거냐?"

"뭐가요?"

갑자기 돌변한 맥슨을 우리는 조심스럽게 대하였다.

"머리가 아프거나 정신이 흐릿하거나 그러지는 않아?"

알프레드는 맥슨을 유심히 바라보았다.

"말짱해요. 너무 말짱해서 더 화가 난다고요!"

맥슨이 흥분하고 있었다.

"정신이 돌아온 거야?"

나는 아직까지도 맥슨의 상태를 믿을 수가 없었다.

"어떻게 된 건지는 모르겠지만 머리도 맑아지고 힘도 다시 생기고 다 좋다니까."

"그래?"

영문을 모를 일이었다. 아만다가 죽었다고까지 중얼거리며 정신이 혼미하던 그가 정상으로 돌아와 있었다. 힘도, 말투도 예전의 맥슨이었다.

"냉정해야 한다."

"내가 지금 냉정해질 수가 있겠어요?!"

"맥슨!"

알프레드가 맥슨을 진정시켰다.

"아만다를 구해야 해요! 아만다를 구하고 다른 사람들의 복수를 하겠어요!"

맥슨은 발목을 묶고 있는 쇠사슬을 잡았다.

"잠깐만!"

"왜요?"

"맥슨, 네 기분은 안다."

"알면 말리지 마세요!"

"나도 말릴 마음은 없어. 하지만 너 혼자는 안 돼!"

알프레드는 물러서지 않았다.

"마법으로 잃었던 힘도 찾았어요. 누구도 두렵지 않다고요."

맥슨은 쇠사슬에 힘을 주었다.

우드득!

힘만으로는 대륙에서 따라올 자가 없다고 하던 맥슨이었다. 벽에 때려도 꼼짝하지 않던 쇠사슬이 쉽게 늘어졌다.

"네가 라이브 스톤 덕분에 힘을 찾았다고는 하지만 하멜이나 헤라트를 혼자 감당할 수는 없다. 잘못하면 그나마 살아남은 다른 사람들까지 위험해질지 몰라."

알프레드의 설명은 최고 실력의 헤라트가 공격을 하면서 맥슨에게 걸려 있던 하멜의 마법이 풀렸다는 것이었다. 하멜보다는 헤라트가 몇 단계 위의 실력이었다.

"하멜과 철갑단만 해도 우리한테는 벅찬데 헤라트는 그보다도 훨씬 강하니……."

나는 희망보다 실망이 앞서는 것을 어쩔 수 없었다. 당장 죽을지도 모르는 목숨이니 그 강도는 더욱 강하게 다가왔다.

"그렇다고 아만다를 그냥 둘 수는 없잖아요."

맥슨이 애원했다. 그는 우리까지 죽을지 모른다는 말에 조금은 주춤하고 있었다.

"조금 있으면 해가 뜬다. 지금 간다고 아만다에게 크게 달라질 건 없어."

"크아!"

"너의 답답한 마음이야 말로 다 못하겠지만 당장은 리쿠스 신의 가호가 있기를 바랄 수밖에 없다. 내 말 알겠지?"

쿵!

맥슨이 또다시 주먹으로 벽을 쳤다. 그러나 조금 전처럼 벽이 무너지지는 않았다.

"너의 임무는 틈을 봐서 윌리암을 탈출시키는 거야."

알프레드가 냉정하게 말했다.

"알고 있어요!"

"아저씨……."

맥슨이 신경질적으로 대답하자 도로시가 안쓰럽게 바라보았다.

"큰 스승님은 지금 제 마음이 어떤지 아세요?"

"안다."

"미치겠다고요."

"하지만 여기 너보다 마음 아프지 않은 사람이 어디 있어?"

알프레드는 맥슨을 달래면서도 절대로 감정에 치우치지 않았다.

"……."

맥슨이 아무 말도 하지 않았다.

"도로시는 아빠가 죽었고 윌리암은 내일 사비나님의 손에 죽는다고 하는구나."

알프레드는 아직까지 마음을 가다듬지 못하던 맥슨을 진정시키기 위해 알고 있는 사실을 다시 끄집어내어 강조했다. 그러자 미친 듯이 굴던 맥슨이 조금은 잠잠해졌다.

"알고 있어요."

"너한테 아만다가 얼마나 소중한지 알기 때문에 네 마음도 이해하지만 윌리암이나 도로시에 비해 네 슬픔은 아무것도 아냐."

알프레드가 단호하게 말하였다.

"……."

맥슨은 벽에 기대며 그 자리에 주르륵 주저앉았다.

"기운 내, 맥슨."

내가 맥슨의 손을 잡았다.

"윌리암, 내 생각만 해서 미안하구나. 사비나님 때문에 마음이 많이 아플 텐데… 도로시, 너도 마음이 많이 아플 텐데……."

"아저씨."

맥슨이 감정을 많이 추스르고 있었다.

"아냐. 나야말로 모두에게 미안할 뿐이야. 나를 낳아준……."

"너무 자책할 것 없다."

알프레드가 강한 어조로 내 말을 잘랐다.

"후우!"

엄마만 생각하면 한숨만 나왔다.

"지금 중요한 것은 모두 정신을 바짝 차려야 한다는 것이다. 설령 도망치지 못한다 하더라도 하루 이상은 시간을 끌어야 한다."

큰 스승은 한 번 죽었던 영혼이라 그런지 우리보다는 매우 냉정했다. 원래 정신적 지주로서 우리에게는 거친 삶을 사는 데 든든한 큰 기둥이었지만 종종 정이라고는 한 치도 느껴지지 않을 때도 많았다.

"하는 데까지 해볼게요."

맥슨이 기운없는 목소리로 다짐 아닌 다짐을 했다.

"그래야지."

알프레드는 맥슨을 대견스럽게 쳐다보았다. 항상 머리보다는 몸이 먼저 움직이는 덩치 큰 샤론의 용사가 이 정도로 자제한다는 것은 대단한 것이었다.

"알투나 빨리 데려와요."

"이제 조금 너답구나."

"……."

맥슨은 무표정하게 알프레드를 바라보았다.

"아만다는 무사할 거다."

"그래야죠."

맥슨의 자포자기한 말에 알프레드는 방을 떠나면서도 맥슨을 걱정했다.

"다녀오마."

알프레드가 방에서 떠나고 우리는 제일 먼저 맥슨의 주먹으로 무너져 내린 담부터 대충 막기 시작했다. 놈들이 보면 의심할지도 모르는 일이었다.

"그나마 쇠사슬은 끊지 않아서 다행이다."

"끊었으면 다시 이으면 되지."

맥슨이 쇠사슬의 고리 하나를 힘으로 늘렸다가 다시 원위치로 만들어놓았다.

"정말 힘이 돌아온 거구나."

나는 맥슨의 팔뚝을 만져 봤다.

"내가 생각해도 신기하다."

"라이브 스톤의 위력이 대단하긴 하네."

"그래서 재산도 생겼잖아."

맥슨이 쓴웃음을 지었다.

"재산이라뇨?"

도로시가 궁금한지 맥슨에게 물어봤다.

"무지 넓은 땅을 싱속받기로 했지."

"사실이에요?"

"그럼."

맥슨이 도로시의 머리를 쓰다듬었다.

"후후후."

웃음을 흘리던 나는 농담까지 하는 맥슨을 보고 조금은 안심을 했다. 그는 예전의 모습을 조금은 찾은 듯했다. 그러나 아직도 그의 얼굴에는 어둠이 짙게 드리워져 있었다.

"전쟁에 끝나면 그 땅에서 아만다하고 살 거야."

"우와! 아만다 언니는 좋겠다."

맥슨과 도로시의 주고받는 대화가 밝아지고 있었다.

"윌리암은 전혀 기운이 없는 거야?"

"엉, 맥슨."

"반지는 어때?"

"하멜의 마법에 당한 후로는 파트리시어스도 전혀 말을 듣지 않아."

나는 손가락을 이리저리 돌려보았다.

"으음!"

맥슨이 심각한 표정을 지었다.

"왜?"

"내일 놈들에게서 너를 탈출시키더라도 힘이 없으면 금방 지칠 텐데 걱정이구나."

"하는 데까지 해봐야지."

나도 덩달아 심각해졌다.

"도로시."

"예."

"너도 기운이 없니?"

"금방 지치는 것 같아요."

"걱정이구나. 둘 중에 하나는 그래도 기운이 있어야 하는데……."

맥슨의 얼굴이 더욱 일그러졌다.

"아저씨는 탈출 안 하나요?"

도로시가 맥슨을 빤히 들여다봤다.

"왜?"

"아저씨가 우리를 안고 도망치면 되지 않을까 해서요. 물론 아만다

누나까지 세 명을 한꺼번에 안으려면 힘이 들겠지만 수레 같은 걸 구한다면 문제될 것은 없을 것 같아서요."

"글쎄……."

맥슨은 도로시의 얘기를 건성으로 듣는 듯했다. 우선 그는 탈출할 마음이 없었다. 오로지 나를 탈출시키기 위해서 자신은 끝까지 남아 싸울 것이다.

"맥슨, 우선은 하루 정도를 끌 수 있나 시도해 보고 탈출은 그 다음에 생각해 보기로 하자."

나는 알프레드와 알투를 기대해 보기로 했다.

"그게 최상이긴 한데……."

맥슨도 나와 마찬가지로 불가능한 희망을 믿지 못하고 있었다.

(9)

날이 밝고 얼마 지나지 않아 우리는 병사들에게 이끌려 광장으로 나왔다. 헤라트의 석상이 우뚝 서 있는 분수에서는 여전히 거대한 물을 뿜고 있었고, 그 너머 하얀 대리석 저택은 아침 햇살에 반사되어 더욱 눈부시게 빛을 뿜었다.

철컥! 철컥!

우리보다 미리 와 있던 하멜과 철갑단들이 광장에 줄을 지어 도열하고 있었다. 하지만 헤라트와 엄마의 모습은 아직 보이지를 않았다.

"놈들을 데리고 와라!"

하멜이 흑기사들에게 손짓을 했다. 손은 자유로웠으니 발목이 쇠사슬에 묶여 줄지어 서 있던 우리 세 사람은 광장의 중앙에 준비된 수레에 태워졌다.

"어디로 데려가려고 이러는 거지?"

맥슨이 수레에 오르며 두리번거렸다.

"글쎄."

나 역시 아는 게 없기는 마찬가지였다.

우리가 수레에 다 오르자 하멜이 자신의 말에 오르며 앞장서서 광장을 빠져나갔다.

털컥!

수레의 앞쪽에 검은 말이 연결되어 수레가 움직이기 시작했다.

"으랴!"

하멜이 광장을 완전히 빠져나가고 그 뒤를 흑기사들이 도열했던 순서대로 따르기 시작했다. 말들의 경쾌한 발걸음에 맞춰 철컥거리는 쇳소리가 규칙적으로 울렸다. 우리를 태운 수레는 철갑단의 맨 뒤에 붙었으며 많은 수의 병사들이 양쪽에서 우리를 감시했다.

"도로시, 괜찮아?"

나는 두려움에 얼굴이 창백해진 도로시가 걱정되었다.

"솔직히 무서워."

도로시는 몸을 부르르 떨었다.

"너무 걱정하지 마. 우리는 죽지 않아."

나는 도로시를 달랬다. 하지만 죽음을 앞두고 겁이 나지 않는 사람은 없을 것이다.

"왜 아만다는 안 보이지?"

맥슨은 우리를 태운 수레가 광장을 빠져나가는 동안 안절부절못하며 헤라트의 저택에서 눈을 떼지 않았다.

"……"

나도 맥슨의 시선을 따라 헤라드의 저택을 보며 아만다를 걱정했다.

"설마 무슨 일이 생긴 건 아니겠지?"

"아닐 거야."

맥슨은 입술을 깨물며 안타까운 듯 말했지만 내가 해줄 수 있는 대답은 이것밖에 없었다.

"이제 성 밖으로 나간다."

우리가 아만다를 걱정하는 동안 앞쪽에서 커다란 소리가 들려왔다. 흑기사들이 성을 빠져나가면서 서로 소리치며 경계를 신중히 했다.

"속도를 높이고, 죄인을 더욱 철저히 감시하라!"

"예!"

철갑단의 흑가사들과 우리를 감시하는 병사들이 일사불란하게 움직였다. 헤라트의 최정예 부대라는 이름만큼이나 훈련이 잘된 부대였다.

"사람들의 접근을 막아라!"

성문을 나서자 앞으로 쭉 뻗은 넓은 길의 양쪽으로 줄지어 서 있는 벽돌집이 제일 먼저 시야에 들어왔다. 아직은 이른 시간이라서 그런지 사람은 별로 없었다.

"어디로 가는 것 같아?"

성 밖으로 나오자 맥슨이 연인에 대한 걱정을 접고 주변을 쉬지 않고 살폈다. 그는 본연의 자세로 돌아가 계속 탈출할 기회를 보는 듯했다.

"이쪽으로 가면 투르콜세움인데……."

우리가 이 도시에 와서 제일 먼저 한 일이 지리를 익히는 것이었다. 원형 경기장인 투르콜세움은 헤라트의 성에서 멀지 않았다.

"윌리암, 주변을 잘 살펴봐라. 도망갈 자리를 미리 봐둬야 해."

"……."

내 생각대로 맥슨은 탈출을 노리고 있었다. 나는 그런 덩치 큰 친구를 보며 조금은 불안했다. 우리 계획은 일단 할 수 있는 데까지 시간을 끄는 거였다.

"만약 목적지가 원형 경기장이라면 시간이 별로 없구나."

맥슨이 조급한 마음을 보였다.

"정말 탈출하게?"

나는 아주 작은 목소리로 맥슨의 눈치를 살폈다. 오면서 걱정했던 일이 눈앞에서 벌어질지도 몰랐다.

"지금?"

곁에 있던 도로시가 내 말을 듣고 바짝 붙어 앉았다.

"그래."

맥슨이 주변의 병사들을 힐끔거리며 대답했다.

"우선은 시간을 끌기로 했잖아?"

내가 맥슨의 생각을 제지했다. 그러나 내 말은 듣지도 않고 맥슨은 곧바로 나에게 할 일을 가르쳐 줬다.

"내가 병사들과 싸우는 사이에 도망쳐야 한다."

"맥슨!"

나도 모르게 소리를 지르며 맥슨을 잡았다.

"무슨 일이냐?"

내 목소리가 너무 컸는지 병사가 다가왔다.

"아무것도 아니야."

맥슨이 짐짓 딴청을 부렸다.

"쓸데없는 생각 하지 마!"

병사가 수레를 살피며 엄포를 놓았다.

"우리끼리 얘기도 못하나?"

"시끄러워!"

"아이고 무서워라~"

맥슨이 병사를 보며 너스레를 떨었다.

"가는 동안 조용히 해!"

수레 안을 둘러보던 병사가 우리에게 주의를 주고 자기 자리로 돌아갔다.

"조금 더 기다려야 해."

나는 병가들의 눈치를 보며 맥슨에게 작게 속삭였다.

"지금 아니면 기회가 없어."

"위험해! 잘못하면 죽어!"

"헤라트가 없을 때 도망쳐야 해. 그렇지 않으면 우리는 죽었다 깨어나도 여기를 벗어날 수 없어."

맥슨의 말이 틀린 것은 아니다. 헤라트가 기다리고 있을 목적지에 도착한 후에는 지금보다 탈출하기가 더욱 힘들어질 것이다. 하지만 아무리 생각해도 무모한 일이었다.

"그냥 계획대로 시간을 끌어보자."

"아니."

"맥슨!"

"윌리암은 나만 믿으면 된다!"

덩치 큰 친구가 강한 자신감을 보였다.

"이건 용기로만 되는 일이 아니야."

탈출은 분명히 최후의 방법으로 써야 했다. 힘을 되찾은 맥슨에게 병사들은 둘째 치고라도 오십여 명의 철갑단과 마스터 기사인 하멜은 만만치가 않았다. 아무리 라이브 스톤을 지니고 있다고는 하지만 맥슨의 전투 능력을 늘려주는 역할을 하는 것은 아니었다.

"너는 내가 시키는 대로만 하면 돼."

맥슨이 나에게 인상을 썼다.

"안 돼! 죽는다니까."

"……!"

내가 말렸지만 맥슨은 내 말을 귓등으로 흘려듣곤 우리 발목을 묶고 있던 쇠사슬을 살짝 잡았다. 그가 지그시 누르며 힘을 주는가 싶더니 쇠사슬이 벌어졌다.

"도로시."

병사들의 눈치를 보며 쇠사슬을 조금씩 벌리던 맥슨이 도로시를 불렀다.

"예."

숨을 죽이고 우리 대화를 듣던 도로시가 얼른 내납을 했다.

"너도 일단 탈출을 하면 부작정 뛰어야 한다. 다른 사람은 보지 말고 무작정 뛰어야 해."

"아, 알았어요."

난감한 표정으로 나를 흘끗 보며 대답하는 도로시의 손을 한번 잡아준 맥슨이 나를 불렀다.

"윌리암."

"응."

"준비됐어?"

"……"

나는 잠시 뜸을 들였다.

"윌리암, 시간이 없다!"

맥슨이 나를 다그쳤다. 벌써 투르콜세움의 모습이 뿌옇게 보이고 있었다.

"좋아."

반대한다고 될 일이 아니었다. 맥슨이 그때서야 얼굴을 풀고 미소를 지었다.

"윌리암, 저기 골목이 보이지?"

맥슨은 앞쪽으로 보이는 건물들 사이에 좁게 나 있는 골목길을 가리켰다.

"응!"

"내가 셋을 세면 그쪽으로 뛰기 시작한다."

맥슨이 나와 도로시를 번갈아 보았다.

"으응."

"놈들이 못 쫓아가게 내가 골목을 막을 테니까 너는 무작정 뛰기만 하면 돼!"

나는 멍하니 맥슨을 바라보았다. 지금 맥슨의 말은 우리만 도망치라는 뜻이었다.

"맥슨은?"

"나는 내가 알아서 한다!"

맥슨이 씩 하고 웃었다.

"이게 마지막은 아니겠지?"

성을 나서면서부터 한 번도 떨치지 못한 불안감이 다시 솟구쳤다.

"여기를 믿어봐!"

맥슨은 자신의 가슴을 만졌다.

"라이브 스톤……."

"으음!"

나는 고개를 끄덕이며 도로시의 손목을 꼭 잡았다. 맥슨에게 도망칠 준비가 되었다는 신호로 보낸 것이다.

"셋이다! 셋을 세면 뛰는 거야!"

맥슨이 긴장했다.

"응!"

앞쪽으로 보이던 골목길이 수레가 굴러가며 점점 옆으로 다가왔다.

"도로시."

나는 잡고 있던 도로시의 손에 더욱 힘을 주었다.

"윌리암."

우리는 마음이 통하고 있었다. 맥슨은 다른 사람 생각 말고 무작정 뛰라고 했지만 나는 도로시하고 헤어지고 싶지는 않았다.

"하나."

맥슨이 수를 세기 시작했다.

"둘."

나는 도로시의 손을 더욱 움켜잡으며 쇠사슬이 끊겼는지 다시 확인해 보았다. 쇠사슬에 묶여 있던 발이 자연스럽게 빠져나왔다.

"셋!"

맥슨이 수레에서 벌떡 일어났다.

"저, 저놈이……!"

병사들이 소스라치게 놀랐다.

"도로시, 뛰어!"

나는 도로시를 잡아끌었다.

"아얏!"

도로시가 미처 나를 따라오지 못하고 비명을 질렀다. 하지만 나는 무작정 도로시의 손목을 잡고 수레를 뛰어내리려고 했다. 마법으로 힘을 잃은 우리는 될 수 있으면 이곳에서 멀리 도망쳐야 했다.

"이얍!"

수레에서 뛰어내린 맥슨이 병사들을 내동댕이치고 있었다.

"이놈들!"

"으악!"

"헤라트의 개들은 모두 지옥으로 가라!"

"크악!"

맥슨이 날뛰면서 우리를 지키던 병사들의 대열이 무너졌다.

"도로시, 이쪽으로!"

"윌리암!"

나는 맥슨의 뒤를 돌아 무작정 뛰었다.

"최대한 멀리 가야 해!"

"엉!"

우리는 미리 봐두었던 골목길로 뛰어들었다. 뒤쪽에서 들리는 비명 소리와 말 울음소리가 목덜미를 바짝 조이는 듯했지만 무작정 앞만 보고 달렸다.

"맥슨 아저씨는 괜찮을까?"

도로시는 도망을 치면서도 맥슨을 걱정했다.

"쉽게는 당하지 않을 거야."

나는 맞은편에서 다가오는 사람들을 이리저리 피하며 도로시를 잡아끌고 있었다. 힘을 빼앗긴 우리는 조금 달렸는데도 금세 지쳐 갔다.

"헉! 헉! 헉!"

도로시는 벌써 숨이 많이 차고 있었다.

"조금만 참아."

나는 도로시를 달래며 뛰는 것을 멈추지 않았다. 그러나 그녀는 다리가 풀리며 땅바닥에 고꾸라지듯이 주저앉았다.

"헉! 헉! 위, 윌리암, 더 이상은 못 뛰겠어."

"도로시!"

"헉! 헉! 헉!"

도로시는 대답도 못하고 숨만 몰아쉬었다.

"더 멀리 도망가야 해."

내가 도로시의 손을 잡아 일으켰다.

"머, 먼지 가……."

무너져 앉은 도로시는 일어날 줄 모르고 빨리 도망가라고 고갯짓만 했다.

"같이 가야지!"

"윌리암 혼자 가."

숨을 대충 가다듬은 도로시가 나더러 빨리 도망가라고 했다.

"우리는 함께하기로 했잖아."

내가 도로시를 달래며 일으켜 세우려고 했다.

"아냐, 나하고 같이 가면 얼마 못 가서 잡힐 거야."

"지금 빨리 도망가면 된다니까."

"윌리암, 어서 가!"

도로시가 억지로 일어나더니 나를 밀쳤다.

"도로시, 제발……."

나는 애원했다. 그때 귀에 익은 쇳소리가 멀리서 들려왔다.

철컥! 철컥!

매우 급히 움직이고 있었다.

"철갑단이 벌써 따라오고 있어."

"윌리암, 어서 가란 말야!"

도로시가 먼저 앞으로 뛰어갔다.

"어디 가게?"

"내가 알아서 할게. 윌리암은 빨리 도망쳐."

"……."

나는 어찌할 바를 몰라 했다.

철컥! 철컥!

쇳소리는 점점 가까워지고 있었다.

"걱정하지 말고 어서 가."

"……."

"여기 숨어 있을 테니까 나중에 윌리암이 구하러 오면 되잖아."

도로시가 다급하게 말했다.

철컥! 철컥!

시간이 없었다.

"그럴 수 있겠어? 사람들 눈을 피할 수 있겠냐고?"

"누가 나 같은 여자애를 의심하겠어?"

도로시가 자신있게 말했다.

"알았어. 내가 구하러 올 때까지 잡히지 말고 잘 숨어 있어야 해!"

"그래, 그러니까 어서 가!"

나는 도로시를 물끄러미 바라보다가 앞으로 달려나갔다.

철컥! 철컥!

이제 소리는 바로 뒤에서 들려오는 듯했다.

"도로시, 정말 무사해야 해!"

도로시를 뒤로한 채 달려가는 나의 뒤로 말 울음소리가 지척에서 들려왔다.

이히히힝!

나는 재빨리 주변을 살폈다.

"저기에 숨자."

건물들 사이에 작은 문이 보이자 앞뒤 따질 것도 없이 문을 열고 들어갔다. 그곳은 집에서 쓰는 창고인 듯 여러 가지 잡동사니가 가지런히 쌓여 있었다.

"철갑단이 벌써 여기까지 왔다면 맥슨은 어떻게 된 거지?"

아무리 하멜하고 철갑단이 강하다고는 하지만 힘을 되찾은 맥슨을 그렇게 쉽게 제압하고 쫓아올 정노는 아니라고 판단했었다. 그런데……

"샅샅이 뒤져라!"

밖에서 병사들이 나를 찾는 소리가 들려오자 나는 창고 깊숙한 곳에 쌓여 있는 커다란 바구니 안에 숨었다.

"도로시는 잘 도망갔을까?"

바구니 안에 자리를 잡자 다시금 도로시가 걱정되기 시작했다. 그때 밖에서 내 이름을 부르는 소리가 들렸다.

"윌리암!"

철갑단의 흑기사들 같았다.

“네놈이 이 근처에 숨어 있다는 걸 다 안다!”

나는 숨소리를 죽이고 몸을 더욱 움츠렸다.

“계집애를 끌고 와라!”

병사들의 서두르는 발소리가 들렸다.

“윌리암!”

흑기사가 또다시 내 이름을 불렀다.

“여기 누가 있나 봐라!”

불안했다.

“너의 여자 친구가 오돌오돌 떨고 있다.”

“도로시…….”

흑기사들은 도로시가 잡히자 내가 멀리 못 간 줄 알고 이 근처에 숨어 있을 거라 판단한 것 같았다. 어차피 골목길은 다른 곳으로 새는 데 없이 곧게만 뻗어 있었으니 나를 찾기란 쉬웠을 것이다.

“빨리 나오지 않으면 이 자리에서 죽여 버릴 것이다!”

“윌리암! 나오면 안 돼!”

흑기사의 말이 끝나자마자 도로시가 울부짖었다.

“으음……!”

나는 잠시 망설였다. 그러나 이내 바구니에서 나와 문 쪽으로 걸어갔다.

“다섯을 셀 동안 나오지 않는다면 계집애를 죽이겠다!”

흑기사들의 협박에 나는 천천히 문을 열고 밖으로 나갔다.

“기다려라. 지금 나간다!”

“윌리암!”

도로시가 놀란 얼굴로 나를 바라보았다.

"도로시!"

나는 도로시에게 뛰어갔다.

"잡아라!"

기다란 창을 들고 있던 병사들이 나를 잡으러 몰려왔다. 그 뒤로 검은 말을 탄 흑기사들이 우르르 몰려와 있었다.

"둘 다 끌고 가라!"

나와 도로시는 병사들에 의해 도망쳤던 길을 다시 거슬러 올라갔다.

"다친 데는 없어?"

나는 도로시를 살폈다.

"미안해, 윌리암."

"그런 말 하지 마."

"나 때문에 잡혔잖아."

도로시가 고개를 떨구었다.

"어차피 잡힐 놈이었어."

"……."

도로시는 고개를 숙인 채 병사들이 끄는 대로 걷기만 했다.

"도로시."

"왜?"

마지못해 하는 대답 같았다.

"괜히 미안해하지 말라고. 알았지?"

"엉."

겨우 대답하는 도로시는 여전히 미안한 표정이었다.

"놈들을 수레에 태워라!"

우리는 탈출했던 장소로 되돌아왔다. 병사들이 아직까지 그 장소에 서 있던 수레 위에 우리를 실었다. 그러나 맥슨은 보이지 않았다.

"가자!"

흑기사들의 정렬이 끝나자 수레가 움직이기 시작했다.

"맥슨은 무사히 빠져나간 건가?"

나는 고개를 갸우뚱했다.

"그랬으니까 여기 안 보이지."

도로시가 당연하다는 듯이 나를 쳐다보았다. 그러나 나는 확신할 수가 없었다.

"그게……."

"왜?"

"으음!"

맥슨은 분명히 우리가 달아났던 골목길을 막는다고 했다. 그의 성격을 아는 나로서는 이해할 수 없는 일이었다.

"놈들에게 당했나?"

나는 맥슨이 이 자리에 없는 이유는 죽음밖에 없다고 생각했다. 그때 목적지에 도착했다는 소리가 들렸다.

"다 왔다!"

나는 고개를 빼며 주변을 살피었다.

"투르콜세움!"

내가 예상한 대로 하멜을 비롯한 철갑단과 우리를 실은 마차는 원형 경기장 안으로 들어섰다. 오베르슈돌츠에 처음 도착해서 봤던 투르콜세움은 막연하게 내 복수심을 일으키던 장소였다.

"도로시."

"응."

"여기서 아버지가 죽었어."

막상 직접 이곳으로 들어오니 아버지에 대한 생각이 더욱 뚜렷하게 떠올랐다. 막연한 복수가 아닌 아버지의 마지막 숨결을 느낄 수 있는 그리움의 장소처럼 생각이 들었다.

"……."

도로시가 지그시 나를 쳐다보았다.

"엄마의 손에 최후를 마쳤지."

나는 입술을 꾹 깨물었다.

"윌리암."

"엄마의 의도를 알 것 같아."

"뭘?"

"아버지를 죽인 장소에서 나까지 죽이려고 하는 거야."

"윌리암."

도로시는 아무 말도 못하고 내 이름만 불렀다. 그녀는 내가 말은 이렇게 해도 마음은 너무 아플 거라는 것을 알고 있었다.

"멈추어라!"

투르콜세움의 넓은 경기장 한가운데 수레가 도착하자 모두가 멈추어 섰다. 전과 크게 달라진 건 없었지만 굳이 달라진 것은 관중이 한 명도 없다는 것이었다.

"헤라트님을 영접하라!"

하멜의 구령에 맞추어 정면에 보이는 단상을 보고 일렬로 도열해 있던 철갑단들이 고개를 바짝 세웠다. 그들의 주인인 헤라트가 시종

들을 거느리고 들어서고 있었다. 그 옆으로 우아한 걸음걸이의 엄마
가 함께했다

"덩치 큰 놈은 어디 있지?"

헤라트는 단상에 준비된 빨간 의자에 앉자마자 맥슨부터 찾았다.

"저쪽에 있습니다."

"끌고 와라!"

"예!"

나는 하멜의 대답을 들으며 맥슨이 도망가거나 죽은 것이 아니라
잡혀 있다는 것을 알았다. 그런데 어째서 우리하고 같이 수레를 타지
않았는지 의문이었다.

"놈을 데려와라!"

"예!"

하멜의 지시를 받은 두 명의 흑기사들이 말을 타고 앞으로 나왔다.

"맥슨!"

나는 놀란 눈을 크게 떴다. 덩치 큰 친구는 두 손이 꽁꽁 묶인 채 땅
바닥에 엎드려 말 뒤에서 질질 끌려오고 있었다. 맥슨이 힘을 되찾았
다고는 하지만 하멜의 상대는 아니었다. 역시 라이브 스톤은 생명을
지속시키는 역할밖에는 못하는 듯했다. 그는 분명히 하멜의 마법으로
또다시 힘을 빼앗겼을 것이다.

"이젠 틀렸어."

맥슨을 보는 순간 모든 계획이 수포로 돌아갔다는 것을 알았다.

"윌리암."

도로시가 내 말뜻을 알고 나를 슬픈 눈으로 바라보았다. 탈출하다
가 걸렸으니 하루의 시간을 끈다는 것은 생각도 못할 일이었다. 오히

려 당장 죽이지 않는다면 다행이었다.

"놈이 자네의 마법을 풀었다고 했지?"

"그렇습니다."

헤라트의 질문에 하멜이 주춤했다.

"어떻게 그런 일이 있을 수 있다고 생각하나?"

"저도 그걸 모르겠습니다."

"후후후."

은은히 웃는 모습이 헤라트는 그 답을 알고 있는 듯했다.

"답은 금방 나올 텐데?"

"그게 글쎄……."

대답을 하는 하멜은 난처한 듯했다. 투구 속에 가려진 얼굴이라 그의 표정을 볼 수는 없었지만 말투로 봐서는 매우 당황하고 있었다. 원래 차가울 정도로 냉정한 목소리를 가지고 있던 하멜이었지만 지금은 많이 흔들리고 있었다. 하기야 자신 이외에는 자신보다 레벨이 높은 사람만이 풀 수 있는 마법이었다. 그런데 맥슨이 자신의 마법을 풀고 탈출까지 하려고 했으니 이해할 수가 없을 것이다.

"놈이 마법을 푼 것에 대해서 자네 생각은 어떤가?"

"모르겠습니다."

"혹시 내가 풀어줬다고 생각하지는 않는가?"

"예?"

목소리에 변화가 없던 하멜에 놀랐다. 헤라트가 맥슨의 마법을 풀어줄 이유는 하나도 없었다.

"내가 풀어줬다면 어떻게 하겠나?"

헤라트가 손으로 턱을 고였다.

"만일 그러셨다면 헤라트님의 뜻이니 무조건 따라야죠."

하멜은 얼른 대답하며 충성심을 보였다. 적 앞에서는 냉정하게 보이던 철갑단의 마스터 기사도 자신의 주인에게는 잘 보이기 위해 꼬리를 흔드는 개에 불과했다. 아부가 넘쳐 나는 간교한 얼굴이 황금 투구에 가려져 있을 뿐이었다.

"으음!"

헤라트가 잠깐 뜸을 들였다. 그 사이를 엄마가 요란한 웃음과 함께 끼어들었다.

"호호호, 하멜님의 충성은 대단하군요."

"감사합니다."

하멜이 엄마에게 슬쩍 고개를 숙여 감사를 표했다.

"그런데 어떡하죠?"

"무슨 말씀이십니까?"

"헤라트님이 탈출을 도우려고 맥슨의 마법을 풀어주었는데 하멜님이 그 뜻을 몰라서 일을 망쳤잖아요."

"……."

하멜은 어이가 없는지 대답을 하지 않았다. 엄마가 그런 하멜을 재미있게 바라보며 또 한 번 큰 소리로 웃음을 흘렸다.

"호호호."

"있을 수 없는 일이라 짐작도 못했습니다."

변명 아닌 변명을 하면서 하멜은 말을 곱씹었다.

"짐작도 못했다고요?"

"당연하지 않습니까?"

하멜이 엄마의 물음에 기분 나쁜 듯 반문했다. 어떤 연유에서인지는 몰라도 둘 사이는 별로 좋지 않은 듯했다.

"이 제국에서 하멜님의 마법을 풀 수 있는 사람은 오로지 헤라트님뿐입니다."

"알고 있습니다."

"그렇다면 결론은 간단하지 않나요?"

"다른 반역자가 있다고 생각했습니다."

"그 반역자는 지금 어디 있는데요?"

"아직……."

"호호호, 그런 실력의 반역자는 없어요. 있었다면 저놈들이 탈출할 때 도왔을 거예요. 하멜님 정도는 간단하게 요리할 수 있는 실력자였을 테니까요."

"으음!"

엄마가 몰아붙이자 하멜은 대답을 제대로 하지 못했다.

"사비나, 장난은 그만 해."

헤리트가 말리자 엄마는 큰 소리로 웃었다.

"호호호!"

"둘 다 나한테는 소중한 사람들이야. 괜히 힘 겨루기에 시간 낭비하지 말라고!"

엄마와 하멜을 번갈아 보던 헤라트가 못마땅한 얼굴을 했다.

"걱정 마세요. 우리는 자리 때문에 알력 다툼 같은 건 없어요. 그냥 친한 친구라 격의없는 것뿐이죠. 안 그래요, 하멜님?"

엄마가 눈을 치켜떴다.

"그… 럼요."

하멜이 억지로 대답을 했다.

"호호호!"

엄마는 하멜을 데리고 장난친 게 마냥 재미있는 것 같았다. 나는 그런 엄마를 보면서 너무 낯설게 느껴졌다. 어제 처음 봤을 때만 해도 그 향기를 조금이나마 느낄 수 있었는데 오늘은 한낱 간교한 모습의 여자일 뿐이었다. 인자하고 부드럽던 엄마의 모습은 이제는 찾아볼 수 없었다. 그렇다고 용사로서의 품위가 남아 있는 것도 아니었다. 오로지 헤라트에게 잘 보이기 위해 갖은 교태를 다 부리는 천박한 종의 모습이었다. 내가 봐도 신기할 정도로 뒤바뀐 엄마의 모습이었다.

"하멜."

헤라트가 하멜을 심각한 어조로 불렀다.

"예, 헤라트님!"

"저놈의 마법은 내가 풀어준 게 맞네."

"어제 말입니까?"

"그래."

"저놈을 죽이려고 공격했다가……."

하멜은 차마 실패했다는 말을 못 꺼냈다.

"내 능력을 억제시키는 것이 저놈의 몸속에 있는 것 같다."

"이 세상에 그런 것이 있습니까?"

믿을 수 없다는 말투였다.

"후후후."

헤라트는 기분이 나쁘지 않은 듯했다.

"만일 그것이 존재한다면 단 하나뿐이겠죠."

"맞네."

"신이 남긴 보물이나 신표 같은 거죠."

"그게 무엇이라고 생각하나?"

"하이드랜드에 묻혀 있다는 보물이 아니라면 사즈후튼가에 있다가 사라진 라이브 스톤이란 말씀입니까?"

"그래."

헤라트가 고개를 끄덕였다.

"정말입니까?"

"더 이상은 생각할 필요가 없을 거야."

"혹시 우리가 모르는 다른 보물이 있을지도 모르는 일 아닙니까?"

하멜은 믿지 못하고 있었다. 하우제터스 자작도 못 찾은 라이브 스톤을 샤론 족이 지니고 있다니 불가사의한 일이었다.

"아니야. 내가 모르는 신의 보물은 없다."

헤라트가 확신을 했다.

"으음!"

"그렇다면 사즈후튼가하고 저 덩치 커다란 놈하고 어떤 연관이 있다고 보십니까?"

"섣부른 판단은 하지 말게."

헤라트가 하멜에게 주의를 주었다.

"알겠습니다."

사즈후튼가는 두레슬라비아 국에서 명문으로 알아주는 가문이었다. 더군다나 조상 때부터 헤라트에 대한 충성이 강한 집안으로 아무나 함부로 대할 수만은 없었다.

"하우제터스 자작이 라이브 스톤을 찾아 헤매다가 다쳤다고 하니까 저놈이 어디서 구했을 수도 있겠지."

"하지만 저놈의 몸속에 라이브 스톤이 있다는 것은 누군가 이미 사용했다는 말인데, 최근에 라이브 스톤이 바다에서 사라진 것은 얼마 전입니다.”

“그렇지. 하우제터스 자작의 양자가 가지고 있다가 바다에 빠졌다고 했지.”

“양자의 시체와 함께 아직 못 찾았다고 했었는데 저놈 몸에서 나오다니 도대체 영문을 모르겠습니다.”

하우제터스 자작의 양자 얘기를 자세히는 아니더라도 모두들 알고 있었다. 하기야 숨길 수 있는 비밀은 아니었다.

“저놈의 몸에 라이브 스톤을 집어넣은 사람이 누구인지만 알면 우리가 궁금해하는 진실이 나오겠지.”

“헤라트님의 속뜻은 그거였군요.”

하멜은 헤라트가 원하는 것을 알았다.

“으음!”

헤라트가 턱을 쓰다듬었다.

“저놈을 일으켜 세워라!”

하멜이 흑기사들에게 명령했다.

“예!”

흑기사들이 말에서 내리더니 맥슨을 일으켰다. 커다란 덩치가 흑기사들의 손에 의해 아무렇게나 흔들렸다. 맥슨은 아직 정신을 차리지 못하고 있었다.

“맥슨!”

하멜이 맥슨을 불렀다. 그러나 그는 대답하지 않았다.

“정신이 들게 해줘라!”

“예!”

흑기사들이 물통을 들고 오더니 맥슨에게 마구 퍼부었다.

쏴아악!

물세례를 받은 맥슨의 입에서 신음 소리가 흘러나왔다.

"으으으……."

"그만!"

하멜이 손을 들자 물을 뿌리던 흑기사들이 동작을 멈추었다.

"하아악……."

맥슨은 노랑머리를 타고 흐르는 물기를 털어내며 무척이나 힘들어했다.

"정신이 드나?"

"……."

"정신이 드냐고 물었다!"

맥슨이 대답없이 고개만 들자 하멜이 소리를 질렀다.

"훗! 헤라트의 개구나."

정신이 든 맥슨이 하멜을 바라보았다.

철썩!

하멜의 손이 허공을 돌고 제자리로 돌아간 것은 극히 짧은 순간이었다.

털썩!

맥슨이 다시 고개를 떨구었다.

"깨워!"

하멜이 고갯짓을 하자 흑기사들이 맥슨에게 다시 물을 퍼부었다.

"푸하!"

이번에도 맥슨은 머리의 물기를 털어 고개를 들었다.

"딱 한 번만 묻겠다."

"마음대로 하시지."

"대답이 시원치 않을 때에는 죽는 수밖에 없다."

"내 몸에 라이브 스톤이 있다는 걸 안다면서 그런 말을 하다니, 헤라트의 개들은 머리가 나쁘구나."

맥슨은 절대 굴복하지 않았다.

"이놈이……!"

"나는 죽지 않아. 이렇게 고통을 느낄지언정 나는 죽지 않는다고."

맥슨이 눈을 부라렸다.

"묻겠다."

"돌대가리 놈!"

하멜은 맥슨의 조롱에도 아랑곳없이 헤라트가 원하고 있는 질문을 던졌다.

"네놈에게 라이브 스톤을 심어준 게 누구냐?"

"모른다."

"몰라?"

"그래. 분명히 죽었었는데 깨어나 보니 다시 살아 있었다."

"사실대로 말하지 않겠다는 거냐?"

"믿지 않는 것도 네 자유다."

맥슨이 더 이상은 말을 하지 않고 입을 닫았다.

"말로 해선 안 듣는 놈이군."

하멜이 손을 슬쩍 흔들었다. 그러자 푸른 기운이 그의 손가락 끝에 몰렸다. 마법으로 맥슨의 입을 열려고 하는 듯했다.

"그만!"

그 광경을 지켜보고 있던 헤라트가 의자에서 일어났다.

"헤라트님!"

"내게 방법이 있다. 그냥 알아내면 재미없지 않은가?"

"그럼……."

하멜의 눈빛이 반짝했다.

"시간도 많은데 급할 거야 없지."

"알겠습니다."

하멜이 손을 거두며 물러났다.

"여자를 데리고 와라!"

헤라트가 뒤에 서 있던 시종들에게 지시를 했다. 그들이 허리를 굽히고 사라진 지 얼마 후 하얀 드레스를 곱게 입은 여자가 헤라트 앞에 나타났다.

"맥슨, 이게 누군지 알겠지?"

여자는 초록색 머릿결이 찰랑거리고 있었다.

"아만다!"

맥슨이 소리치며 앞으로 기어가려 했다. 그러나 아만다는 멍하니 서 있을 뿐이었다.

"네놈의 연인이라는 아만다다. 물론 지금은 내 여자가 됐지만."

"으으으……."

헤라트의 말에 맥슨의 이를 갈았다.

"후후후, 안됐군."

하멜도 맥슨의 신경을 건드리는 데 협조했다.

"이놈들, 그냥 두지 않겠다!"

맥슨은 몸부림쳤다.

"친구들을 버리고 성으로 뛰어간 이유가 이 여자 때문이었군."

나는 그 소리를 들으며 눈을 감았다. 맥슨은 우리를 탈출시키고는 곧바로 아만다를 구하러 성으로 간 것이다. 그것이 우리가 생각보다 일찍 잡힐 수밖에 없었던 이유였다.

"어서 그 여자를 놔줘!"

맥슨은 이성을 잃고 있었다.

"남의 여자를 달라고 하다니, 짐승만도 못하구나."

헤라트가 계속 이죽거렸다.

"으아악!"

맥슨이 소리를 질러댔다. 그러나 아만다는 표정 하나 변하지 않고 서 있었다. 모르긴 몰라도 마법에 걸린 것이 틀림없었다.

"아만다."

"예, 주인님."

아만다가 헤라트를 주인님이라고 불렀다.

"저 남자가 너를 아는 것 같은데 너도 저 남자를 아느냐?"

"모릅니다."

아만다가 맥슨을 모른다고 했다.

"그래?"

"예."

"그럼 너는 누구의 여자지?"

"바로 헤라트님의 여자입니다."

"하하하!"

헤라트가 큰 소리로 웃었다.

"아냐! 아니란 말야!"

맥슨이 실성하기 직전이었다. 입에서 허연 거품이 흘러나오고 있었다.

"그렇다면 저 남자가 순결한 너의 명예를 훼손했구나."

헤라트는 맥슨이 길길이 날뛰는 모습을 즐기고 있었다.

"저 남자를 죽여서 잃어버린 명예를 되찾겠습니다."

아만다가 옆에 있던 칼을 들었다.

"그래, 어서 가거라."

"예."

헤라트가 앉아 있는 관람석에서 층계를 따라 내려오던 아만다는 완전히 넋이 나간 표정이었다. 오로지 초록색 눈동자만이 유난히 반짝일 뿐이었다.

"아만다, 정신 차려!"

나는 아만다가 맥슨에게 다가가자 불안했다. 그녀의 손에는 칼이 들려 있었다.

"아만다 언니!"

도로시도 안절부절못했다.

"죽어라!"

맥슨의 앞까지 다가간 아만다가 숨도 쉬지 않고 수평으로 손을 날렸다. 날카로운 칼이 앉아 있는 맥슨의 목으로 향했다.

"멈춰라!"

헤라트가 얼른 아만다를 제지했다.

"아… 만다……."

실성하기 직전이던 맥슨이 멍하니 아만다를 바라보았다. 자신을 죽이려는 그녀를 보고 정신이 다시 돌아온 것 같았다.

"하하하."

헤라트는 두 연인의 비극을 즐기고 있었다.

"아만다……."

맥슨이 아만다를 보고 기어이 눈물을 흘리고 말았다.

"그녀를 살리고 싶으면 묻는 말에 대답해라. 이번에도 딴 짓을 한다면 조금 전보다 더욱 참혹한 기분을 느끼게 해줄 것이다."

헤라트가 맥슨을 협박하면서 하멜에게 손짓을 했다.

"다시 묻겠다."

"……."

맥슨은 아만다만 바라보고 있었다.

"너에게 라이브 스톤을 심어준 게 누구냐?"

"……."

"이놈이 아직도 정신을 차리지 못했군."

하멜이 헤라트의 지시를 기다렸다.

"아만다! 뒤로 한 발자국 물러나라!"

헤라트가 지시하자 아만다가 맥슨에게서 한 발자국 뒤로 물러났다.

"아만다, 가지 마!"

맥슨이 아만다를 잡으려 했지만 밧줄에 묶인 손을 움직일 수가 없었다.

"지금부터 잘 봐라!"

"무슨 짓을 하려는 거야?"

"아만다, 네 스스로 목숨을 끊어라!"

헤라트가 잔인하게 명령을 했다.

"예, 주인님!"

"안 돼!"

아만다가 너무 쉽게 대답하지 맥슨의 얼굴이 창백해지며 아만다에게로 기어갔다.

"아만다, 칼로 목을 천천히……!"

헤라트가 손으로 목을 자르는 시늉을 했다.

"예, 주인님."

아만다가 이번에도 자연스럽게 대답했다.

"하멜, 아만다에게 단검을 주거라!"

"예."

아만다는 들고 있던 큰 칼을 버리고 하멜이 쥐어준 단검을 손에 쥐었다.

"시작해라!"

"예, 주인님!"

칼을 목에 갖다 댄 아만다가 천천히 옆으로 그었다.

"안 돼!"

맥슨이 띵바닥을 헤치며 아만다에게 접근하려 했지만 불가항력이었다.

"빨리 말해라! 안 그러면 아만다는 죽는다!"

칼이 목으로 점점 깊이 그어지면서 새빨간 선혈이 가는 선을 따라 길게 맺혀 나갔다. 좀만 더 있으면 핏줄기가 밑으로 흘러내릴 것만 같았다.

"누가 너한테 라이브 스톤을 심었지?"

"…….."

맥슨의 시선이 잠시 나에게 향했다. 고개를 숙이며 다시 정면을 바라보는 맥슨을 나는 무덤덤하게 바라보았다. 내가 탈출할 때 아만다를 구하려고 성으로 달려갔다던 그였다.

"아만다……."

하멜의 질문에는 대답도 못하고 맥슨은 눈물만 흘리고 있었다.

"으읍!"

그동안 아무 표정도 없이 헤라트가 시키는 대로 움직이던 아만다는 칼이 목으로 깊숙이 들어가자 신음 소리를 냈다. 죽음의 고통을 느끼는 듯했다.

"아만다……."

피가 칼 밑으로 흘러내리고 있었다.

"지독한 놈이군!"

하멜이 맥슨을 발로 걸어찼다.

"으헉!"

옆구리를 숙이고 고통스러워하는 맥슨이 불쌍했다.

"남의 여자가 됐다고 나 몰라라 하다니, 진정으로 사랑한 게 아니었구나."

헤라트가 맥슨을 계속 조롱했다.

"흑흑흑!"

맥슨의 어깨가 들썩였다. 아만다의 하얀 드레스가 빨갛게 물들어 갔다.

"잠깐!"

나는 더 이상 볼 수가 없었다.

"……?"

모든 시선이 나한테로 쏠렸다.

"맥슨을 라이브 스톤으로 살린 건 바로 나다!"

"너라고?"

헤라트가 다시 한 번 확인하려 했다.

"그래, 내가 라이브 스톤을 맥슨의 몸에 넣은 거야."

"믿을 수 있는 말이지?"

"너라면 마법으로 충분히 확인할 수 있잖아."

나는 헤라트를 노려보았다.

"역시 아슈빌의 아들이라 똑똑하군."

"이제 아만다를 풀어줘."

"아니, 한 가지만 더 묻지."

헤라트는 아만다의 자살을 잠시 멈추게 하고 나한테 다른 질문을 던졌다.

"뭐지?"

"너는 라이브 스톤을 누구에게 받았나?"

"……"

나는 잠시 생각에 잠겼다.

"혹시 하우제터스 자작에게 받은 것은 아니겠지?"

헤라트는 자작을 의심하고 있었다.

"제대로 말해야 한다!"

투구 속에서 빛나는 하멜의 눈빛도 기대에 차 있었다. 둘 다 하우제터스 자작을 믿지 못하는 듯했다.

"내가 알기로는 하우제터스 자작이라는 기사는 네놈의 충실한 개로 알고 있는데 의심을 하다니, 하멜도 조심해야겠다."

내가 헤라드와 하멜을 번갈아 보았다.

"자작은 우리의 전쟁을 비난하고 있어. 게다가 들리는 소문에 의하면 양자로……."

하멜이 흥분해서 지껄였다.

"하멜, 그만 해라!"

헤라트가 하멜을 말렸다.

"예!"

하멜이 잠시 물러나자 헤라트가 다시 물었다.

"틀림없이 자작은 아니냐?"

"아니!"

나는 굳은 얼굴로 단호하게 대답했다. 만일 사실대로 밝혔다가는 사즈후튼가도 살아남지 못할 것이다.

"으흠!"

헤라트가 실망하는 눈빛이었다.

"나 같은 샤론 족이 그런 개들을 어떻게 알고 지내겠어? 그냥 소문 정도나 듣고 다닌 거지."

"그럼 누구냐?"

하멜이 다그쳤다.

"해변에서 주웠다."

"정말이냐?"

"그렇다!"

"라이브 스톤인 것을 어떻게 알았지?"

헤라트가 의심을 늦추지 않았다.

"우리 중에 알프레드라는 큰 스승이 있는데 그분은 지혜의 샘으로 알려진 분이야. 이 세상에 모르는 것이 없는 분이다. 라이브 스톤의 가치도 그때 알아서 한번 죽었던 맥슨을 살리는 데 썼다."

나는 태연하게 둘러대고 있었지만 등에서 땀이 비 오듯 했다.

"믿기로 하지!"

헤라트는 의자에 몸을 기댔다.

"빨리 아만다나 풀어줘."

"그래, 내 마법에서 영원히 풀어주도록 하마."

헤라트는 알지 못할 말을 하더니 손짓을 했다. 그러자 아만다가 헤라트 쪽으로 몸을 돌렸다. 그녀는 아직도 자신의 목에 칼을 대고 있었다.

"예, 주인님!"

"죽어라!"

헤라트가 소리을 질렀다.

쓰으윽!

칼이 살을 베는 소리가 끔찍하게 들렸다.

풀썩!

하얀 드레스를 입고 있던 가냘픈 몸매가 그대로 무너졌다.

"아만다!"

이럴 수는 없었다.

"흑흑흑."

도로시가 눈물을 보였다.

"이 나쁜 놈! 이 천벌받아 죽을 놈!!"

나는 미친 듯이 헤라트를 향해 외쳤다. 그러나 맥슨은 아무 반응도 없이 아만다의 시체로 다가가려고 땅을 손으로 긁고 있었다.

"쓸모없는 것은 언제든지 버리는 게 내 신주다!"

"지옥에도 떨어지지 못할 놈!"

"그런 걱정은 마라. 나는 영원히 죽지 않으니까 말야."

"으으으."

"하하하하!"

헤라트가 큰 소리로 웃어 젖히자 엄마가 그에게 눈짓을 했다.

"이제 다른 걸 즐겨볼까?"

"호호호."

엄마가 즐거워했다.

"하멜!"

"예."

"저 덩치 커다란 놈은 나중에 죽여서 라이브 스톤을 뺏도록 하고 우선은 윌리암부터 처치하기로 하지."

"알겠습니다."

흑기사들이 아만다에게서 떨어지지 않으려는 맥슨을 강제로 일으켰다.

"사비나."

헤라트가 엄마의 손을 잡아 일으켰다.

"고마워요."

엄마는 사뿐히 걸어서 나한테로 왔다. 수레의 앞까지 도착한 엄마가 살짝 웃음을 띠었다.

"이제 내 차례인가?"

나는 엄마를 노려보았다.

"그래, 이제 우리의 인연을 끊어야겠다."

"죽어서도 당신을 저주할 거야!"

"그거야 내 알 바가 아니지."

엄마는 한 치의 흔들림도 없었다.

"할아버지가 아실까 봐 걱정이다."

"……."

할아버지의 얘기가 나오자 엄마가 잠시 주춤했다.

"그래도 마음에 걸리나 보지?"

"호호호, 나한테는 이제 부모가 없다."

"그렇겠지. 아들도 없는 사람이 부모가 있겠어?"

내가 엄마를 비웃었다.

"알면 됐다."

엄마가 귀찮다는 듯 고개를 돌렸다.

"그럼 어서 죽여라!"

나는 엄마 손에 죽는 서글픈 아들이었지만 구차하게 살고 싶은 마음은 없었다.

"윌리암."

도로시가 나를 안타깝게 바라보았다.

"도로시, 괜찮아."

나는 마음을 가다듬고 죽을 차비를 했다. 그러자 그동안 가까이 지냈던 모든 사람들이 머리 속에서 떠올랐다. 그때 엄마가 조용한 목소리로 물었다.

"네 아비의 복수를 하고 싶으냐?"

"……?"

"복수를 하고 싶다면 네 뜻대로 싸울 기회를 주겠다."

"정말이냐?"

나는 이미 엄마를 엄마로 대하고 있지 않았다. 오로지 샤론 족의 배신자로서 아버지를 죽인 원수로 대할 뿐이었다.

"마지막 가는 길인데 그 정도는 들어줄 수 있다."

"바라던 바다."

"좋아!"

"하지만 조건이 있다."

"조건?"

"최상의 상태에서 싸우고 싶다."

"마법을 풀어달라는 말이냐?"

"그렇다. 그리고 무기도 돌려주었으면 한다."

"흠… 나도 허약한 아들에게 죽고 싶지는 않다. 좋다! 그 조건을 들어주겠다."

"……."

나는 잠시 멍해졌다. 엄마가 처음으로 나한테 아들이라고 한 것이다.

"잠시만 기다려라."

엄마는 등을 돌려 헤라트에게 다가갔다.

"어디를 가는 거냐?"

"나도 준비를 해야 하니 기다려라."

헤라트와 무슨 얘기를 주고받던 엄마가 자리를 비웠다.

"하멜!"

"예."

"저녁때쯤 돌아올 테니 모두 쉬도록 해라."

"알겠습니다."

헤라트는 엄마가 사라진 쪽으로 사라졌다.

"윌리암!"

하멜이 내게로 다가왔다.

"무슨 말을 하려는 거지?"

"한참을 기다려야 하기에 말상대나 하려고 한다."

"내가 알던 하멜이 아니군."

철갑단의 마스터 기사는 잔인하고 냉정하기로 유명했다. 나 같은 죄인하고 얘기할 만큼 한가하지도 않았다.

"사비나님이 어디로 가는지 아느냐?"

나는 눈 끝이 꿈틀거렸다.

"알 필요도 없다."

"궁금하지 않나?"

"나를 죽일 무기라도 사러 가나 보지."

"후후후."

하멜이 웃기만 했다.

"바쁘실 텐데 그 입을 닫고 어서 사라지시지."

"가지 말라도 갈 테니까 걱정 마라. 그렇지만 하나만 가르쳐 주지."

"……?"

"사비나님은 헤라트님에게 마법을 통해 힘을 얻으러 가는 거야.

"마법을 통해 힘을 얻다니?"

"헤라트님의 마법 주문으로 사비나님의 몸에다 힘을 불어넣는 거지. 그 힘으로 너하고 싸우려는 거야. 아주 끝장을 보겠다는 생각인 거지."

"그 얘기를 내게 해주는 이유가 뭐야?"

"후후후, 좋을 대로 생각해. 나는 네가 엄마라는 정 때문에 사비나님을 봐주지 말라는 거지. 하기야 그렇다고 헤라트님의 마법으로 싸우는 사비나님을 이기지는 못하겠지만……."

하멜은 자기 할 말을 마치고 자리를 떠났다. 그는 일부러 나를 자극해서 마음에 동요를 일으키려고 했던 것 같다. 싸움이란 마음가짐이 상당히 중요했다.

"윌리암."

"도로시, 힘들지?"

"이제는 괜찮아."

"그래, 아직 시간이 있으니까 얘기나 하자."

"흑흑흑!"

도로시가 내 손을 잡고 울기 시작했다.

"어차피 사람은 한 번 죽는 거야."

"알아. 하지만……."

"죽는 방법은 사람마다 다르지만 저승 세계로 들어가는 길은 하나야. 다만 엄마 손에 죽는 아들이라는 게 죽으면서도 마음 아픈 일이지만 이 모두가 리쿠스 신의 뜻이잖아."

"미안해. 내가 윌리암을 위로하지는 못하고……."

도로시가 손등으로 눈물을 닦았다.

"도로시가 이렇게 곁에 있어주는 것만으로도 내겐 큰 힘이야."

"내가 곧 따라갈 테니까 너무 슬퍼하지는 마."

"……."

나는 대답도 못하고 고개만 끄덕였다. 지켜준다고 데려오고서 죽음을 기다리는 처지로 만들었으니 그 미안함은 말로 다 못했다.

"우리 처음 만났을 때 생각나?"

도로시가 눈가에 미소를 만들었다.

"철갑단에게 쫓기다가 창문으로 들어갔지."

"맞아."

"후후후."

우리는 시장에서 춤추고 노래하면서 돈을 모으던 얘기를 하며 같이 웃었다.

고요한 호수 속에는 운디네의 사랑이 녹아 있네.

그녀의 하프 소리가 밤하늘 끝 달님에게 울리면

왕자님은 애타는 마음으로 호수를 거닌다네.

물에 녹아 사라진 연인은 어디에도 없는데…….

도로시가 노래를 부르기 시작했다.

"역시 잘 불러."

"윌리암의 춤이 있으면 더 좋을 텐데……."

우리는 손을 꼭 잡았다. 뒤이어 이어진 이야기가 한참 무르익으면서 짧아진 늦가을 해가 벌써 서산을 넘어가고 있었다.

"올 때가 됐군."

하멜이 다시 나타났다.

"그놈도 끌고 와라!"

흑기사들이 뒤쪽으로 데려갔던 맥슨을 끌고 왔다. 그는 아직도 정신이 나가 있는 듯했다.

"맥슨, 정신 차려!"

내가 화가 나서 소리를 질렀다.

"어……."

그나마 대답이라도 하니 다행이었다. 물론 사랑하는 사람이 눈앞에서 죽었으니 그 마음은 말하지 않아도 알았다. 하지만 아버지가 죽었을 때도 훌훌 털고 일어났던 맥슨은 용사였다.

"헤라트님께서 나오신다!"

하멜의 외침에 흐트러져 있던 철갑단의 기사들이 줄지어 정렬했다.

"이제 시작하지."

헤라트가 엄마를 데리고 나오며 하멜에게 지시했다.

"예! 윌리암을 데리고 와라!"

나는 흑기사들과 함께 수레에서 내려 앞으로 나왔다.

"윌리암, 네가 정식으로 싸워보고 싶다고 했나?"

헤라트가 물었다.

"그렇다!"

"사비나도 원하니 네 소원대로 해주마."

헤라트가 손짓을 가볍게 하자 마법이 풀리는지 막혀 있던 가슴이 확 뚫리는 것 같았다. 나는 파트리시어스를 만져 보았다. 내 힘이 마법에 막혀 효력을 보이지 못하던 반지였다.

"고맙군."

"그리고 무기도 달라고 했다지?"

"그렇다."

"하멜, 놈의 무기를 갖다 주어라."

"예!"

잠시 후 하멜의 지시를 받은 흑기사가 내 소지품을 가지고 왔다. 다시 보는 '헤데지바의 거울'과 볼케닉 소드가 이렇게 반가울 줄은 몰랐다. 서서히 자신감이 생겨났다.

"모두 준비됐으면……."

헤라트가 엄마의 등을 살며시 떠밀었다. 그때 내 머리 속에 떠오르는 것이 있었다.

"잠깐만!"

"또 뭐지?"

"이왕 아버지의 복수를 허락했다면 하멜하고도 싸울 수 있게 해줬으면 한다."

"뭐? 나하고?"

불똥이 자신에게 튀자 하멜이 목소리를 높였다.

"네놈도 우리 아버지의 원수니까."

"하하하, 하기야 내가 네 아비를 잡았었지."

"하멜, 받아줄 건가?"

헤라트가 흥미진진한 얼굴로 바라보았다.

"제가 윌리암의 도전을 받아준다면 사비나님에게는 기회가 없을 텐데요."

"윌리암에게 하멜님이 죽을 운명이라면 얘기는 달라지겠죠."

"마치 윌리암이 이길 것 같다는 말씀이군요."

"아직 결과는 나오지 않았으니까요."

"으음!"

역시 엄마와 하멜은 사이가 별로 안 좋은 것이 틀림없다. 아마 헤라트의 총애를 받기 위한 부하들의 암투 같은 것이리라.

"하멜, 나하고 싸우자!"

나는 때를 늦추지 않고 그를 자극했다. 내가 하멜을 택한 진짜 이유는 시간을 끌기 위해서였다. 이긴다는 보장은 없었지만 새벽까지만 견딜 수 있다면 알프레드가 떠나고 하루가 지나는 것이다. 엄마가 헤라트의 마법으로 힘을 얻는 동안 벌써 밤이 되어 있었으므로 조금만 견디면 될 듯했다.

"한순간에 끝내주마!"

"그래서는 안 되지. 나한테 네 실력을 다 보여주기 바란다."

"나는 싸움을 오래 끌지 않아."

"하하하, 하멜은 번개다. 절대 오래 끌지 않지."

헤라트가 크게 웃었다. 그러나 나는 입술을 깨물며 의지를 다졌다. 하멜의 실력이 뛰어난 건 알고 있었지만 어떡하든 시간을 끌어야 했다.

"검술이든 마법이든 원하는 대로 해주지."

하멜이 싸움의 종류를 선택하라고 했다.

"마법으로 하자!"

"더욱 빨리 끝낼 수 있겠군."

나는 한 손엔 거울을 들고 다른 손엔 칼을 움켜잡았다.

"각오해라!"

하멜의 금빛 갑옷이 밤을 밝혀놓은 횃불에 비추며 더욱 반짝거렸다.

"어서 와라!"

나는 마음을 가다듬고 정신을 집중했다.

"간다!"

하멜의 손에 모여 있던 푸른색의 마나가 뱀처럼 꿈틀거리며 나에게 날아왔다.

"으읍!"

나는 거울을 꼭 쥐었다. 지금까지 나를 지켜주던 드워프의 보물이었다.

"모노볼트!"

하멜이 입에서 마법의 주문이 터졌다. 그러자 꿈틀거리며 날아오던 마나가 마찰음을 일으키면서 번쩍거렸다. 그의 마법은 공기의 마찰로 전력을 만들어내서 상대를 감전시키는 공격이었다. 12기가의 능력으로 몰아치는 전기는 엄청난 위력이었다.

"바루스 윌!"

나는 하멜의 마나에 실려서 무서운 속도로 날아오는 전력(電力)을 '헤데지바의 거울'과 파트리시어스의 능력으로 다른 방향으로 돌리려고 했다. 그러나 워낙 강한 공격이라 제대로 먹히지 않았다.

파파파팍!

푸른빛이 겨우 방향을 바꾸어 나가는 듯하더니 내 가슴으로 돌진했다. 그나마 '헤데지바의 거울'과 파트리시어스가 하멜의 공격을 겨우 막아냈다.

"으허억!"

뜨거운 기운이 온몸을 흔들었다. 짜릿한 충격이 숨을 멈추게 할 정도였다.

파파파팍!

나는 이를 악물었다.

펑!

거울에 충격을 느끼며 뒤로 넘어졌다.

"내 공격을 받아내다니 대단하군."

하멜이 놀란 표정을 지으며 다가왔다. 12기가 넘는 공격을 이겨냈으니 놀라는 것도 당연할 것이다. 나의 마법은 10기가밖에는 되지 않았지만 파트리시어스가 '헤데지바의 거울'와 함께 공동으로 하멜의 마법을 막아낸 것이다.

"콜록콜록!"

갑자기 기침이 올라오며 비릿한 냄새가 났다.

"후후후, 피가 많이 나는 걸 보니 속이 상했나 보군."

하멜은 내 기침에 묻어 나오는 피를 보며 미소를 지었다.

"너무 시간을 오래 끌었어. 이번에 끝을 내주지."

하멜이 다시 손을 들었다.

"펠자레이드!"

뱀처럼 휘어 들어왔던 하멜이 마나가 이번에는 일직선의 빛을 만들며 날아왔다. 그 빛이 가슴을 관통하면 이 싸움은 끝이었다. 나는 본능적으로 손을 내밀었다.

"파트리시어스!"

노란빛이 앞으로 뻗어 나가며 하멜의 푸른 마나하고 부딪쳤다.

펑!

커다란 폭음이 들리더니 노란빛과 푸른빛이 힘을 겨루었다. 그러나 하멜의 푸른빛이 점점 내 쪽으로 밀려왔다.

파파팍!

파트리시어스가 뜨거워지며 노란빛이 희미하게 사라져 갔다.

"후후후."

하멜이 내 쪽으로 다가오며 힘을 쏟아부었다. 그러자 푸른빛의 기운이 더 세지며 파트리시어스의 노란빛을 밀어붙였다. 점점 푸른빛이 나에게로 다가오자 나는 무작정 손에 쥐고 있던 칼을 들었다.

"볼케닉 소드!"

칼이 순식간에 빨갛게 변했다.

"후후후, 마직막이다!"

하멜은 마나에 최대의 힘을 실었다. 파트리시어스의 노란빛이 없어지며 푸른빛이 눈앞으로 확대되어 들어왔다.

펑!

"으아악!"

그 순간 전혀 예상치 못했던 공격이 하멜을 덮쳐 그의 가슴에 커다란 구멍을 뚫었다. 드워프의 족장이던 우레바는 '로잔의 마검'이 불을 뿜는다고 했다. 그 능력이 지금 발휘된 것이다.

"쿨룩쿨룩!"

나는 입 안으로 올라오는 피 뭉치를 뱉으며 철갑단의 마스터 기사를 비리보았다. 하멜의 마나는 오로지 파트리시어스의 노란빛에 산뜩 몰려 있었다. 그 빈틈을 노려 볼케닉 소드의 불기둥이 그를 덮친 것이다. 시간을 끌려던 처음 계획에는 차질이 있었지만 아버지의 복수를 한 것으로 가슴이 뿌듯했다.

"하멜님이 당하셨다!"

흑기사들이 당황했다.

"저 꼬마 놈이 우리 마스터 기사를 죽였어!"

검은 말이 이리저리 뒤엉키며 철갑단 전체가 우왕좌왕했다.

"모두 그만!"

헤라트가 벌떡 일어났다. 그러자 철갑단들이 조용해졌다.

"이제 제가 처리하죠."

엄마가 기다렸다는 듯이 나한테로 다가왔다.

"기다렸다."

"발키리 자벨린!"

곧바로 공격이 들어왔다. 엄마의 몸이 움찔하더니 보이지 않는 파동이 선을 그으며 똑바로 날아왔다. 정신력으로 만든 무형의 창이었지만 타격은 한 번에 목숨을 빼앗을 수도 있을 듯했다.

"프로텍터!"

엄마의 공격이 워낙 빨랐기 때문에 내가 할 수 있는 유일한 방법을 사용했다.

펑!

나는 뒤로 죽 밀려났다.

"으읍!"

"어스 모우!"

내 뒤로 커다란 웅덩이가 파였다.

쿵!

몸도 추스르지 못한 채 웅덩이에 빠진 나는 허우적거렸다. 그 깊이가 내 키보다 클 정도로 굉장히 깊었다.

"샌드 스톰!"

엄마의 공격은 쉬지 않고 이어졌다. 나로서는 손 한번 써보지 못하고 당하고만 있었다.

"으윽!"

웅덩이 안에서 나는 모래 폭풍에 휘말려 눈을 뜰 수가 없었다. 공격은 계속되었다.

"딤 윈드!"

모래 폭풍이 돌풍으로 바뀌며 나는 돌풍에 휘말려 빙빙 돌며 위로 솟구쳐 올라갔다. 하멜에게 당한 상처에서 회복되지 못한 채 계속되는 공격으로 정신이 아찔해졌다.

"마카니토!"

드디어 엄마가 마지막 공격을 하려는 듯했다. 폭풍 속으로 죽음의 공기가 쏟아져 들어왔다. 순간 피해야 된다고 생각했다.

"플라이트!"

나는 돌풍 속에서 빠져나와 공중을 날았다. 그러나 이상했다. 돌풍이 도는 속도보다 빨리 날지 않으면 그 안에서 빠져나올 수가 없는데 약간의 마력의 소모만으로 나는 너무 쉽게 빠져나온 것이다. 다시 말해 엄마는 최선을 다하고 있지 않았다.

"데모나 크리스털!"

지면에 내려앉던 나는 처음으로 엄마를 공격했다. 차가운 냉기가 지면에서 올라오며 안개를 만들었다.

"다그 브레이크!"

엄마는 땅의 마법을 무효화시켰다. 그러나 나는 땅을 이용한 공격을 멈추지 않았다.

"브레이브 하울!"

주변이 모두 용암으로 변하며 엄마를 덮쳤다.

"이크!"

나는 뒤로 물러나는 엄마에게 또 다른 공격을 퍼부었다. 최선을 다하지 않는 엄마를 이상하게 생각하면서도 내 공격은 계속 이어졌다.

"다그하우트!"

대지로부터 무수히 많은 송곳이 솟아오르며 엄마의 발 밑을 공격
했다.

푹!

"으헉!"

송곳 중 하나가 엄마의 발을 뚫고 솟아올라 오자 엄마는 그 자리에
서 도망갈 수가 없게 되었다.

"볼케닉 소드!"

칼을 움켜진 내 손에 힘이 들어갔다.

"마직막이다!"

아버지의 복수를 눈앞에 두고 있었다. 그러나 헤라트는 나의 복수
를 허락하지 않았다.

"가라!"

"으헉!"

헤라트가 소매를 슬쩍 펄럭이는 것을 보고 나는 재빨리 옆으로 굴
렀다.

펑!

헤라트의 마나를 맞은 땅이 움푹 파였다.

"사비나!"

"헤라트님!"

엄마가 단상에서 내려온 헤라트의 부축을 받으며 일어섰다.

"피하지 마라!"

나는 볼케닉 소드를 수평으로 들었다.

"건방진 놈!"

헤라트가 철갑단을 향해서 손짓을 했다.

철컥! 철컥!

마스터 기사를 잃은 철갑단의 흑기사들이 한꺼번에 나한테 달려왔다.

"하멜님의 원수를 갚아라!"

"복수를 하자!"

나는 순간 난감해졌다. 내가 아무리 뛰어난 무기들을 지니고는 있다지만 50명을 상대한다는 것은 무리였다. 그때 밖에서 소란한 소리가 들렸다.

"와아!"

한 무리의 속에서 제크와 씨에라가 보였다.

"알프레드가 왔구나."

나는 순간 기운이 솟았다.

"모두 없애라!"

"침입자들을 상대해라!"

여기지기시 킬 부딪치는 소리가 들리기 시작했다. 제크의 부하들과 싸우려면 흑기사들도 고생을 할 것이다. 그들은 이미 한번 죽어 영혼만으로 움직이는 언데드들이었으니까.

"이놈들이……! 모두 쓸어버리겠다!"

엄마를 부축하고 있던 헤라트가 한 손을 들어 올리자 그의 손에 핏빛의 거대한 타원이 생겨났다.

"그냥은 안 당한다!"

나는 수평으로 들고 있던 볼케닉 소드를 들고 그대로 달려들었다.

"볼케닉 소드!"

칼이 붉게 변하였다.

"네놈부터 없애주마!"

헤라트가 달려드는 나에게 핏빛 타원을 들이댔다. 그때 엄마가 헤라트의 앞을 가로막으며 나의 볼케닉 소드를 막으려 했다.

"누구든 상관없다!"

나는 곧장 밀어붙었다.

"사비나, 비켜!"

헤라트는 엄마에게 막혀 나한테 공격을 하지 못했다.

"이얍!"

순간 엄마가 뒤로 돌아서며 헤라트의 양손을 잡았다.

"사비나, 무슨 짓이야?!"

헤라트의 당황한 목소리가 들리고 나는 달려가던 힘으로 그대로 볼케닉 소드를 꽂았다

슈우욱!

엄마의 등을 관통한 볼케닉 소드가 헤라트의 배를 꿰뚫었다.

"이런!"

헤라트가 비틀거리며 얼른 뒤로 물러났다. 그의 배에서 피가 흘렀다.

"사비나, 네가……?!"

"플라이트!"

엄마는 헤라트의 원망을 듣지도 않고 순식간에 자신의 배를 관통한 볼케닉 소드를 잡아당기며 곧바로 그에게로 날아갔다. 칼을 잡고 있던 나는 그 힘에 끌려갔다.

"윌리암! 헤라트를 없애라!"

어렴풋이 엄마의 등에서 소리가 났다. 나는 그 목소리에 홀린 듯 로

잔의 마검을 불렀다.

"볼케닉 소드!"

칼이 붉은빛을 뿜으며 요동 쳤다.

펑!

몸을 추스르기 전에 내 공격을 당한 헤라트는 가슴을 부여잡으며 뒤로 날아갔다. 그러나 그것이 끝이었다. 아쿠아소룸 대륙을 악(惡)으로 지배했던 마법사는 내 손에 의해 한순간에 사라진 것이다. 아버지가 원했던 자유와 평화가 가득한 세상이 오려는 순간이었다.

"윌… 리암……."

볼케닉 소드가 몸에 꽂힌 채 옆으로 쓰러져 있던 엄마가 나를 불렀다.

"……."

나는 멍하니 엄마를 바라보았다. 지금도 엄마의 행동을 이해할 수 없었다.

"손 좀… 잡아줄래……?"

"……."

점점 죽어가는 엄마가 손을 내밀었다. 그녀의 손은 핏빛 타원이 뭉쳐 있던 헤라트의 손을 맞잡아서인지 거의 녹아 있었다.

"윌… 리암……."

"엄마……."

얼마 만에 불러보는 그리운 이름인지 모른다. 나는 뼈밖에 남지 않은 엄마의 손을 부여잡았다. 그러자 엄마가 죽어가면서도 작은 소리로 나에게 속삭였다. 숨을 거칠게 몰아쉬던 그녀는 모든 말을 마치고서 눈을 감았다. 세싱에서 제일 사랑하는 아들의 품에서 행복하게 죽을 수 있는 것을 리쿠스 신에게 감사한다는 말을 마지막으로 나를 영원히 떠나갔다.

"윌리암!"

나는 뒤를 돌아보았다.

"알프레드!"

알투 일행을 데리고 온 큰 스승이 이내 상황을 파악하고 슬픈 표정을 지었다.

"장하다."

위로보다는 칭찬을 해주는 알프레드였다.

"맥슨하고 도로시는?"

"둘 다 안전한 곳으로 잘 데려다 놨다."

나는 바닥에 엄마를 조심스럽게 내려놓고 흑기사들과 해적들이 싸우는 곳으로 달려갔다.

"헤라트는 죽었다!"

하지만 싸움 소리에 묻혀서인지 두 집단은 나에게 주목하지 않았다.

펑!

나는 파트리시어스를 불러 노란빛으로 경기장 구석의 거대한 기둥을 부숴 버렸다. 그러자 싸움이 잠시 멈추었다.

"헤라트는 죽었다!"

나는 또다시 소리를 질렀다. 하지만 아직까지 내 말을 알아듣지 못하는지 모두 멍청히 나만을 바라보았다.

"헤라트는 죽었다!!"

사람들이 서로 눈치만 보다가 이내 상황을 파악하게 되자 함성을 질렀다.

"와아—!"

알투를 비롯한 해적들이 손을 치켜들고 만세를 부르자 그와는 반대로 흑기사들이 믿을 수 없다는 몸짓으로 어찌할 바를 모르고 있었다.

"다시는 전쟁으로 죽는 사람은 없을 것이다! 이제 이곳에는 자유와 평화만이 존재할 뿐이다!"

나는 사람들을 빙 둘러보았다. 그리고는 걸음을 옮겨 엄마에게 다가갔다.

"와아—!"

뒤쪽에선 사람들의 함성이 끊이지 않고 들려왔다.

"엄마……."

나의 눈에선 눈물이 흘러내렸다.

"……."

엄마는 죽어가며 나에게 옆에서 지켜주지 못한 자신을 용서해 달라고 했다. 그리고는 모든 것을 말해 주었다. 헤라트에 대항해서 15년을 싸우는 동안 크게 효과를 보지 못한 아버지와 엄마는 최후의 방법을 쓰기로 했고, 그것이 엄마였다. 아무도 모르게 심지어는 심복이던 알프레드도 모르게 거짓 투항으로 헤라트에게 접근한 엄마는 그를 죽일 기회만 노렸으며 결국은 내가 나타나면서 3년을 넘게 기다리던 순간이 왔던 것이다.

"아버지."

나는 저승 세계에서 만났던 아버지를 생각했다. 그는 그 순간에도 엄마에 대해 아무 말도 해주지 않았었다. 사람이 죽으면 세상에서 맺었던 인연이 그리 중요하지 않게 되어서인지, 아니면 엄마와 계획한 최후의 선택을 끝까지 지키려고 했던 것인지는 모르겠지만. 아무튼 그 일은 저승 세계에서 다시 만날 아버지와 엄마만이 알 일이었다.

이제 두 분은 그곳에서 평화로운 세상을 기쁘게 지켜볼지도…….

〈끝〉